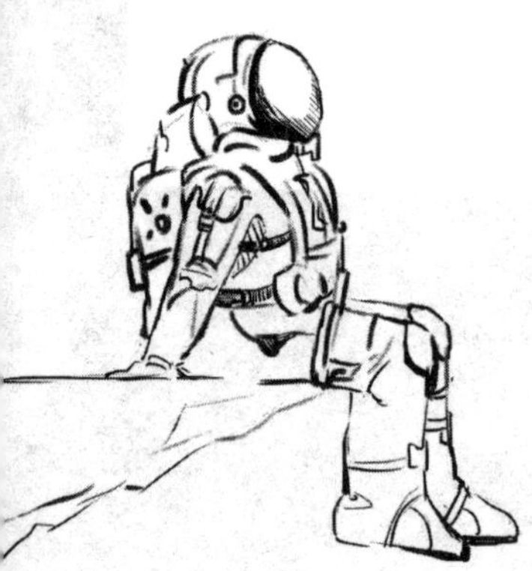

谢晨◎主编

中国大百科全书出版社

知识出版社

图书在版编目（CIP）数据

宇宙密码 / 谢晨主编. -- 北京 : 知识出版社, 2021.1

（致青春·中国青少年成长书系）

ISBN 978-7-5215-0266-4

Ⅰ. ①宇… Ⅱ. ①谢… Ⅲ. ①幻想小说-小说集-中国-当代 Ⅳ. ①I247.7

中国版本图书馆CIP数据核字(2020)第207276号

宇宙密码 谢晨 主编

出版人 姜钦云
责任编辑 易晓燕
装帧设计 张 婷
出版发行 知识出版社
地 址 北京市西城区阜成门北大街17号
邮 编 100037
电 话 010-88390659
印 刷 金世嘉元(唐山)印务有限公司
开 本 660mm×930mm 1/16
印 张 16
字 数 140千字
版 次 2021年1月第1版
印 次 2025年5月第3次印刷
书 号 ISBN 978-7-5215-0266-4
定 价 55.00元

宇宙密码

目录

追星人

机器人来了

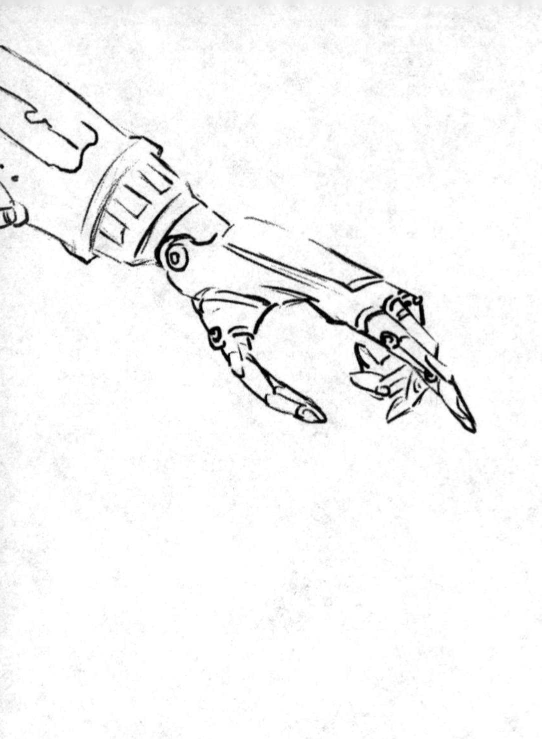

心理医生

2222年的初冬清晨。踏着院子里的落叶，我站到诊所大门前。门上写着“Zoe Chen, Robot Psychologist[1]”。

（一）

39岁的我已经是全国小有名气的机器人心理学家及心理医生了。昨天夜里，我刚刚从东京的学术交流会上回来，今天一天的工作日程都排得满满当当。你可能无法想象，现在机器人已经活跃在全球各行各业，他们聪明勤奋，任劳任怨，并拥有一部分自主的思想。2222年，很多职业在消失；幸运的是，我从事着新兴的职业——机器人心理医生。

机器人也需要尊重和平等。虽然他们不会感冒、胃痛；但是他们和人一样，也会感受到压力，从而产生心理疾病。

我打开诊所的门，坐到桌前，电脑迅速识别了我的瞳孔，屏

1 robot psychologist：机器人心理医生。

幕上立刻弹出了今天的日程。天哪！ 18 个机器人正在等待我的咨询。

我颓然地坐到椅子上，脑海中一团乱麻，心中仿佛有块巨石压着。我是成功者，还是失败者？我给机器人治疗，谁来给我治疗？这是机器人的世界，还是人类的世界？那些曾经向我寻求帮助的机器人的形形色色的问题，又何尝不是我的问题。

按照行业规则，每位心理医生都需要另一位心理医生为自己服务，因为每个人都需要心理疏导，或者说，需要“垃圾桶”来倾倒负面情绪；但是，人类心理医生忙到只能为机器人提供咨询，无暇再顾及自己的同行。我已经三年没有接受心理辅导了，其他的同行也是一样。

我用双手托住仿佛千斤重的头。作为一名心理医生，我知道，我的心生病了。

（二）

一个已经在我的脑海中萦绕了许久的念头再次出现。

在这个世界上，机器人克隆人类在技术上已经没有难度，而且“分身机器人”也已经被允许存在。所谓的“分身机器人”，外形跟你一模一样，在事先得到认证后，在某些极度私密的机构的协助下，你可以将你拥有的一些能力编成代码，写到你的“分身机器人”程序里。比如你是美食家，有独特的食谱，但是一个人没有办法同时接下许多订单，这时你就可以将此项技能授予“分身机器人”，由他来协助你制作美食。

不过，人们往往不愿这么做，即使失去生意，也在所不惜。因为许多人认为，这是他们的独特技能，是他们独立存在的理由，或者说，是他们优于“被编写”的机器人的地方。

作为一名心理医生，我当然知道“分身机器人”的潜在危险；但是，你知道崩溃的感觉吗？这个多次被压抑的想法，一再萌生在我的脑海中，挥之不去。

（三）

接下来的事情似乎进展得颇为顺利，我的心理咨询技能被顺利地写入分身的头脑里，现在她开始看诊了。她似乎很喜欢这份工作，很开心可以帮助同类，偶尔还可以作为“我”参加各种会议和演讲。

我呢？则开始享受久违的放松和休息，看剧、读书、打球、旅行、美容……那些工作上的烦恼和压力，渐渐离我远去，它们现在是分身机器人的压力啦！

偶尔我也会问自己，这么做是不是有点愚蠢？对啊！没有更早开始使用分身机器人真是最愚蠢的事情呢。

时间过得飞快，转眼到了2223年的初冬。我的工作状态从一年前的恨不得住到诊所里，到现在每周只需要去一次诊所；但是我渐渐感到不适应，仿佛心里的某一部分被挖去了。

一天早晨，上中学的女儿出门前对我说：“妈妈，教我日语课的机器人桥奈老师在本学期的教师心理评估中没有通过，所以她希望我来问问你，能否帮助她安排心理咨询。”

“她是一位好老师，”女儿低声说，“我不希望她有事。”

“当然，宝贝，我很愿意为她提供咨询。我有时间和能力来帮助她。”我顿了顿，“但是你知道，我是不可以在诊所以外的地点进行服务的，所以今天我会去一趟诊所，把咨询的时间确定下来。好吗？”

把女儿送到了学校，我就急匆匆赶到诊所。

分身居然比我更勤奋，她已经到了。她若无其事地坐在已经被我坐了十几年的办公椅上，还调整了椅背角度。这把椅子是我刚刚成立这家诊所时，爸爸送给我的礼物，是按照我的身材和习惯量身定制的。分身不是我的复制品吗？她有什么必要调整椅背角度？我心里暗自不爽。看见我来了，她动也不动。

“上周出诊还顺利吗？”我有些尴尬地问。

她仿佛无视了我的尴尬一般：“非常忙，但是一切都很好。”分身轻描淡写地回答着。

“你提到有个棘手的病例，需要帮忙吗？”我努力找话题。

“不需要啊，我可以处理。”分身斜眼看着我，虽然面带微笑，语气却冷冷的。

“我们可以一起探讨，毕竟我有十几年的经验。”我坚持道。

“我也有，不是吗？而且只用了一秒钟就学会啦！”分身开着玩笑，我却不禁打了个哆嗦。

“这么快就想取代我的位置啊？”我装出的轻松口气有些刻

意。

她并没有说话，而是默默地看着我。

空气凝固了，我感到了一丝寒意。是冬天的缘故吗？

（四）

桥奈老师的咨询如愿以偿地安排上了，不过给她做咨询的不是我，而是我的分身。

我为什么读书总是静不下心来，美食好像也失去了魅力？其实我知道原因：我想念我的工作了。

初冬的夜晚，我故意等到诊所前厅的灯熄掉才出现，分身正准备离开，看到我似乎有点吃惊。

“我们进去谈谈吧。”我尽量轻松地说。

“很重要的事情吗？我今天已经承受了够多的负能量。”分身不耐烦地说。

“是的，很重要。”我们面对面坐在办公桌的两侧，“我想从春天开始重回诊所工作。”我鼓足勇气说出来。“我知道你做得非常好，任劳任怨，技术精湛；但是这毕竟是我的诊所，你的这些技能也源于我。如果你愿意，我们可以分工，比如轮流坐诊，或者你负责病人档案，我负责对外事务……”

“不需要！”分身语气强硬地打断我，“正如你所说，我做得很好，而且我也不打算分工。你就美美地享受生活吧，为什么要回来？你不是很讨厌这份压力吗？”

“确实曾经非常痛恨这份压力，但是这一年来，我想清楚了，不是压力的问题，是我管理压力的问题。我想，我现在能够更好地化解压力，安排工作。”我故意停顿了一下，“因为作为人类，生活和工作都不可缺少，工作是我存在价值的一部分。作为心理医生，你应该明白吧？”我语气坚决，而且带着挑衅。她难道不知道她只是我的分身，仅此而已吗？

“谢谢你的长篇大论。我的回复很简单：我虽然只是你的复刻品，但是我不打算分工。我做得很好，可以独立胜任。”分身摔门而去，外面的寒风瞬间涌了进来。

（五）

作为“本体”，我拥有一项终极权利：解除分身。

但是我不想这么做。她跟我一样优秀，而且能够让更多的机器人受益。我想，或许下周再跟她谈谈，可以考虑帮助她在另外一个城市开设一间“分诊所”。

然而，出人意料地，分身主动约我明晚 9 点到诊所谈谈。她应该想通了吧？

第二天晚上 9 点，我准时到来，远远望去，一片漆黑，只有办公室透出昏黄的光。我径直推门进去，分身带着职业的微笑从办公桌后面站起身。

“昨天非常抱歉。”她率先开口，“我想，你说得对，我只是你的‘分身’，你已经替我考虑得足够多了，我应该感谢才对。”

没等我开口，她接着说道：“但是，我还是不打算接受你的任何建议。因为，我足够优秀，我可以成为你，而不是你的分身。”她意味深长地微笑着，从前门款款离去。

我痛苦地坐在曾经属于我的办公桌前，手不由自主地移向我口袋中的遥控器。它上面的按钮可以随时解除分身。“也许，我应该放弃我的想法。我现在的生活也很好。”我默默想着，指尖在按钮上画着圆圈。

“但，这似乎不是正确的做法。我确实很痛苦，但这痛苦不应让别人来承受。对不起，我就是我，也只是我，无论开心也好，煎熬也好，都只要由我一个人来承受。它永远是我生命中无法割舍的一部分。对，这是我的生活。”

正当我犹豫之时，一股强劲的冷风袭来。我一个激灵，手指瞬间按下了按钮。

一道白色的光划过我后脑的发梢，随即是“当”的一声。我猛地回头一看。

是我的分身。那熟悉的职业微笑永远凝固在她的脸上。她的旁边，躺着一把雪亮的匕首。

(深圳市福田区实验教育集团侨香学校六年级　陈卓然)

你从远方来

（一）

疲惫在被暖气覆盖的家里好像突然被一把火点燃了一样，蔓延到全身。我进到家门，转身，随着身体重心的倾斜，我整个人倒在旁边沙发上，望着一团漆黑的外面发愣了起来。突然，我听到一些声响的动静，于是手撑在沙发上一下坐了起来，目光落在了卧室里的一个大约有一个人大的容纳柜中。

我怔怔地望着柜门被一只骨节分明的手推开，一个动作稍微有些别扭的“人”从里面缓缓爬出来。他歪着头又僵硬地移动了起来，骨骼发出清脆的声音。僵硬了一阵子，他流畅地抬起头看向我，笑了起来。

“你好，我是大白，2223年新型机器人。”

我有些诧异地看向面前这个几乎长得与我一模一样、自称是机器人的Jackson，呆滞了一阵子。我没有理由相信，这是个机器人。很快，大白杏仁眼里的瞳仁焦点逐渐扩散，放空，甚至变成一团漆黑，他平视着我，没有带任何表情，然后毫无感情地掺杂着机械音报出了一条代码。

报完后，他的瞳仁逐渐凝聚，又归于最初时看到的样子。接着，他卷起了蓝色的袖子，手腕上出现了一块类似于电路板的东西，边角处连着几根线路，电路板上有一串像是编码的数字。他缓缓说起了话，并且抬起手在我面前自然地摆了摆，道："我从远方来，很高兴见到你——生日快乐。"

大白把袖子扯了下来，遮住了那块类似于电路板的东西，仍然平视着我。我有些不自然地拿起桌子上的矿泉水喝了起来，却感觉头晕目眩。我把水瓶递给他，想开口问他要不要喝水；话未出口，又哽在喉咙，咽回肚子里。我一恍然，他只是一个机器人。

他起身靠近我，径自走到我的身后。我意图躲开无果，此时我只觉得无比不自然与痛恨——我这可恨的双腿与轮椅。

（二）

大白是一个和我大谈特谈起梦想的机器人，他没有过多情感的双眼注视着我，让我总感觉到炙热，像一种嘲讽。

"我从来没有想到你会是这样一个人。"大白坐在了我的床沿上，无比自然地摇着自己的双腿，"在我记忆中的你是一个疯狂的人……也是一个严格的人。"

我没有理会大白这般无厘头的话语，劈头盖脸地问道："你是谁？你有什么意图？"

他迟钝地晃了晃头，拖着长长的语调说：“我是一个淘汰品，意图？程序……被删除了。”

燥热的空气里，大白胸腔里的噪声愈发刺耳。我不甚耐烦地摇头问道：“我想你能理解，我并不希望你约束和评判我——既然你是个淘汰品，那你就应该回去。”

大白的笑容越来越僵硬，好像原本的表情全部都定格在脸上。他胸口发出的“嘎吱嘎吱”的声音，与他说话时掺杂着的极其缓慢的齿轮声，刺耳地演奏着无章法的乐曲。他的动作也开始滞住了，好像整个机器的身体变得不协调，他变得僵硬迟钝。他怔怔地望着我，呆滞的眼神里却好像有着深意。他说：“好。”

他消失的时候是在“咯咯咯”地笑着的，陡然间就无声无息。他笑容的弧度勾得很大，像在做善意告诫一般：“我们会再见面的。”

（三）

当坐在自己实验室的智能轮椅上时，我看着角落里被研发出来的崭新机器人，陷入了沉思。

我那段不真切的、关于机器人大白的记忆已经忘却大部分了，但还有模糊的影子留下。因为残疾，我从小在众人怪异的目光中成长，立志要让所有人都对我刮目相看。而我面前便是我依照记忆里的大白所研制出来的新型机器人，我的成功品——他有着和我一般英俊的容貌，以及，一双完美的腿。

我给他装上了芯片，他全身覆盖上了淡蓝色的代码，直到渐渐隐去了颜色。他睁开了眼睛，看着我。

我一板一眼地跟他说：“你的名字叫大白。”

他也一板一眼地回复我：“我的名字叫大白。”

我极其满意地欣赏着面前精致完美的大白，一个更疯狂的想法从我的脑海里，不可抑制地挣扎冒出——我要做更多比大白更完美的机器人，甚至让我也拥有这样完美的躯体。

（四）

大白在一片废墟里似乎格格不入，他骨节分明的残肢掉在地上，表面有不少破损，左脸的破损处布满了线路，他在这个地方寸步难移。他的头耷拉着，眼睛极其无神，手臂上断掉的线路还发出说不出来的刺耳的声音。

我一步一步走到他的面前，近乎疯狂地宣告着他已成为我的淘汰品：“我已经研制出了比你更完美的机器人，他会更贴近我梦想中的模样，而你，是淘汰品。”

他一板一眼地重复道：“我是淘汰品。”

我得意地微笑，放肆地大笑，我的手抚上大白已经断裂的脖颈处，留恋又嫌恶地问：“我可以满足你最后一个愿望，你想见谁？”

大白的眼神变得越来越沉寂，越来越呆滞，最后，他微笑着跟我说：“15 岁的你。”

我的心漏了一拍，埋藏在最深处的，有关于当年的大白的记忆不可抑制地重新浮现出来，我近乎颤抖地看着面前的机器人。

我听到自己激动又轻蔑地笑道："好。"

此时此刻，我竟忽然明白了多年前大白那微笑和话语的深意。

我看到面前大白的残骸自行焚烧了起来，紧接着，火势迅速蔓延到了整个实验室。我看不到大白，眼前他的神情就好像都定格在刚刚那一秒钟，霎那间周围全是火光和扑面的热浪。随着爆炸的轰鸣声，我拼尽全力推着我的轮椅，向我最新研制出的最完美的机器人伸出了手——

轰！

一片昏暗。

（五）

大白是从衣柜里爬出来的。

我怔怔地望着柜子被一只骨节分明的手撑开，一个动作稍微有些别扭的"人"从里面缓缓爬出来。他歪着头又僵硬地移动了起来，骨骼发出清脆的声音。僵硬了一阵子，他流畅地抬起头看向我，笑了起来。

"你好，我是大白，2223年新型机器人，我从远方来。"

"我从来没有想到你会是这样一个人。"大白坐在了我的床沿上，无比自然地摇着自己的双腿，"在我记忆中的你是一个疯狂的人……也是一个严格的人。"

我听着他无厘头的话，明明想嫌恶地反驳，仔细想了想，却阴差阳错地回答道："我才不想成为你说的那样无趣又枯燥的人，我有梦想，我觉得我很好。”

(深圳市福田区新洲中学初三年级　郑旖婷)

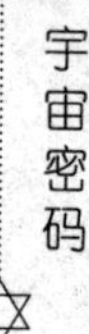

E星历险记

磁悬浮列车在青藏高原上飞驰，雪域高原辽阔而美丽，我的心情也像眼前的景色一样美好。我的宠物小柯乖巧地靠在我身边，目不转睛地盯着远处奔跑的一群藏羚羊，尾巴快乐地摇着，显得特别兴奋。

小柯是一条仿生宠物狗，它不仅有着与天然苏格兰牧羊犬别无二致的漂亮外形，连生物量子大脑中的神经系统也是仿造苏格兰牧羊犬设计的。它因此保有牧羊犬的天性，看到草原和羊群难免兴奋。

坐在对面的阿姨饶有兴趣地看着小柯，赞叹道："哇，现在的仿生狗做得真好，连性情都跟真狗一模一样！"我对她微笑，用手去梳理小柯柔软的长毛："它叫小柯，是爸爸妈妈去年送给我的生日礼物。"

"哼！不过是一条半机器半生物的怪物，这种东西根本不应该有。现在有的机器人已经用上了人类的仿生神经系统，这样搞下去，迟早会带来大祸。"阿姨身边的叔叔绷着脸嘀咕道，声音虽小，却清晰入耳，一下打破了温馨的气氛。阿姨用手肘轻轻撞了一下他，嗔怪道：“仿生神经系统的弊端，你可以在会议上讨论，她还是个孩子。”

一时间大家无语，好在压抑的气氛并没有持续多久，远处出现了天梯的身影。车上不少旅客都是头次见到天梯，车厢里响起一阵惊叹和欢呼。天梯是一条又粗又长的巨型管道，从高原基地向天空延伸，直入云霄。5 年前，我到过这儿，那次是送别爸爸妈妈，他们要去遥远的阿尔法星系工作，当时我才读小学一年级，那种离别现在回忆起来还感觉伤心。

磁悬浮列车速度真快，转眼已经到了天梯基地。我还要过 3 个月才满 12 岁，这是星际旅行的最低年龄限制。不过因为有小柯陪伴，这个年龄限制可以放宽半岁，虽然有很多的人反对仿生宠物和一切仿生神经技术，但我觉得这种技术没什么不好。小柯是我的好朋友，不管它是一条真狗还是仿生狗，我们的友谊都是真挚的；而且，如果没有它的陪伴和照顾，我要等到满了 12 岁才能见到爸妈，那时暑假早过完了，我还得迟上一年才能见到他们。我已经等了 5 年，一天也不想再多等。

电磁轨道座舱沿着天梯的巨型管道壁匀速上升，这条管道有 100 多千米长。从座舱里出来，已经到了外太空的航天站。这里是地球与外星的交通枢纽，巨大的环形大厅里，旅客川流不息。航天站内部是人工重力环境，但重力只有地球上的一半，走起路来脚步特别轻快，我想到马上就可以坐上星际飞船去爸爸妈妈那儿，心情别提多棒了。小柯也感染了我快乐的情绪，摇着尾巴屁颠屁颠地跟在我身后。

星际飞船离开了航天站。我从舷窗眺望地球，这个我生长的蓝色星球变得越来越小，几个小时以后，她已经化作了漫天星光中的一点。在强劲的引擎推动下，飞船以 1/3 光速，也就是每秒 10 万千米的速度飞向阿尔法星系。即便如此，我还是觉得速度太慢，因为要在飞船里度过 20 多天的时间，幸好有小柯在身边，旅途才不至于太孤单。我知道大人们对仿生神经技术一直争论不休，尤其对将人类仿生神经系统植入机器人的量子大脑有极大的争议。从电视上经常可以看到那些平时温文尔雅的星际联盟议员们为了这个议题争得面红耳赤，甚至大打出手。只是我觉得任何科技都会给人类同时带来好的和不好的影响，千百年来，科技一直在进步，人类也一直在进步，我们总会有智慧去扬长避短的。我没机会接触拥有仿生神经系统的机器人，不过小柯已陪伴了我快 1 年，我和它是好朋友，仿生狗也是有感情的，我喜欢它，也需要它。

星际飞行的第 11 天，我们的飞船停靠了一个太空站。这个太空站运行在一颗小行星的同步轨道上，从太空站用天文望远镜俯瞰这颗小行星，只见满目疮痍。整个星球表面坑坑洼洼，那是机器挖出来的无数巨型矿坑，我的心情不免有些低落，人类总是担心别的什么东西会威胁自己的生存，可是却很少顾及自己给别人带来的破坏，像这样的一颗小行星，轻易就被挖得面目全非。

“哦，老天，我们要在这个鬼地方工作！”身边一个小伙子嚷道，挥舞着手里的望远镜。“保罗，别哭丧着脸，我们可是为了伟大的‘第二家园’计划而来。”他的伙伴给他打气。

我知道“第二家园”计划，爸爸妈妈他们就是为这个计划去了阿尔法星系。这是人类有史以来最庞大的工程。人类在阿尔法星系中发现了一颗跟地球类似的行星，但是这颗行星的大气组成和生态环境还是不太适合人类生存，所以星际联盟投入了巨大的力量来改造这颗星球。因为改造“第二家园”的需要，人们四处采集能源和矿物，挖空了不少星球，眼前这颗小行星不过是受害者之一。

在中转太空站逗留了一天，我转乘一艘较小的星际飞船飞向阿尔法星系。亲爱的爸爸妈妈，我就要见到你们了！

可是，正所谓天有不测风云，出发后的第 4 天，飞船在穿越一片陨石带时，引擎意外出了故障，飞船失控撞上了一颗陨石。我在这次撞击中脑袋碰到墙壁上，昏了过去。

等我醒来时，已经身在一艘救生飞艇中了。是小柯救了我，它把我拖上了救生飞艇。救生飞艇座舱狭小，我抱着小柯，心里害怕极了。小柯通过无线网络连上了救生飞艇的中央计算机，它虽然是一只萌宠的形象，但是本事可大了，它的生物量子大脑足以操控这艘飞艇。

不幸中的万幸，在燃料耗尽前，我们抵达了 E 星。飞艇上的计算机告诉我，这是一颗多年前人类采矿后废弃的星球。救生飞艇发出了求救信号和坐标，然后开始迫降。飞艇穿过 E 星的大气层，像流星一样坠落。飞艇被大气摩擦产生的火焰包裹着。我觉得自己难逃一劫了，每一秒钟都是在煎熬。飞船终于开始减速，在一阵剧烈的震动后，我和小柯居然活着落地了！

飞艇上有宇航服，我在小柯的帮助下穿上了这身行头。打开舱门，映入眼帘的是一片苍凉。这里是一个废弃的采矿场，到处是矿坑和废弃的炼矿厂，有的矿坑里还堆满了破损的采矿机器，其中还有不少机器人的残肢断体。

此时正值 E 星的黄昏，橘红色的残阳下沉，随着日光暗淡下去，黄色和蓝色的双月渐渐显露出来。眼前这片荒芜的大地在橘红、黄、蓝三色光芒的辉映下五彩纷呈，异常壮美，却又有种说不出的悲凉。

夜幕降临，气温下降得很快，宇航服的核能电池给加热装置提供了能量，让我不至于失温。这里的大气中，氧含量只有 2%，从大气中提取氧气也在大量消耗电池的能量。宇航服里集成了一套小型的生命维持系统，但在这种环境下，据宇航服内置的计算机测算，这套系统和随身配备的高热量压缩食物只能帮助我生存 10 天。10 天之后，就只有听天由命了。

黄月和蓝月渐渐升高，光线更加柔和，一个个巨大的矿坑像是大地的伤口，柔美的月光抚慰着大地。此情此景，让我对未知的恐惧平复下来，反而有种莫名的感动。远处的夜空中偶尔有巨大的生物掠过，银色的翅膀在月光下闪动。原来，这颗星球还有生物。我又害怕起来。我高一脚低一脚地走着，一面警惕不知名的怪兽突然扑出来，一面尽力寻找安身之所。小柯寸步不离地陪伴在我身边，它是我的依靠。

这样走了有三四个小时，我越来越沮丧。正当我想停下来吃点东西时，一头巨大的怪物就像从地底冒出来一样，突然从前方的矿坑中飞了出来。我曾经看过一部叫《驯龙高手》的古老的动画片，这个怪物就有点像动画片里那条“夜煞”，只是体型要比那条龙大得多。它扇动巨翅悬停在空中，虽然还隔着百多米远，但巨翅扇起的风卷起了沙砾，打得宇航服的面罩啪啪作响。小柯的毛发竖了起来，它低沉地咆哮着，像要不惜生命保护我。我相信这是苏格兰牧羊犬忠诚的秉性在驱使它这样做，而不是量子计算机里那些冷冰冰的程序。因为我能感觉得到它多么害怕我受到伤害，程序是不会有这种感觉的。

“无牙仔，不要对朋友没有礼貌！”一个柔和而坚定的男声喝道。那只怪物顿时变得腼腆起来，像是做错事情的孩子一样低下了头，翅膀也不再那么大力地扇动。一个魁梧的身影从矿坑中跃出——是个机器人！

“别害怕！我是ATR009型矿山管理机器人。我是人类制造的，严格遵守“机器人三原则”，对人友好，绝对不会伤害人类，更不会伤害像你这样可爱的小姑娘。”那个机器人边说边向我走来，“我叫牛顿，对，就跟那个发现了万有引力的科学家同名，我喜欢这个名字。它叫无牙仔，是我的宠物。它可是个乖小子，你别害怕。”这个自称牛顿的机器人喋喋不休，很难想象外形粗犷的他居然有着温和的嗓音。

“欢迎你来到这儿，小姑娘！啊！这是一条仿生宠物狗，它真漂亮！忘记介绍了，我可是拥有仿生神经系统的机器人，我已经好多年没有见到人类了。我独自在这个星球生活，有人来真让我高兴。”他走到跟前，蹲下身子去抚摸小柯。小柯好像跟他很投缘，在他脚上蹭来蹭去。

“它叫无牙仔？”我指着空中的大家伙问。“对，如果你看过《驯龙高手》，就知道它跟夜煞长得有多像了。”牛顿是个话痨，跟人自来熟，我对他顿生好感。我们从《驯龙高手》聊到飞船失事，很快熟识起来。

“你就到我家里去住吧，保证给你惊喜！”牛顿将无牙仔唤了过来，抱起小柯，拉着我坐上它宽厚的脊背。无牙仔振翅飞起，低空盘旋了一会儿，猛然向着大矿坑飞掠而下。这是个极其庞大的矿坑，我估计它至少有几千米深，一眼望不到底。飞了好一阵子，无牙仔落在了坑底。坑底的地势像丘陵一样起伏不平，牛顿的家就建在一个小山丘里。

推开结实的铁门，眼前让我一亮，我怎么也想不到一个机器人的家居然会这么温馨。布艺的沙发，窜动着火苗的壁炉，铺着格子餐布的方桌……我仿佛回到了几个世纪之前，那时的人类才会有这种风格的居室。

我在牛顿的家里度过了一段快乐的日子。白天，他带我和小柯坐着无牙仔在这个星球遨游；晚上，我们在一起谈天说地。我一点也不觉得他是个机器人，他和我一样有着丰富的情感。我后来才知道，他率真而善良，胜过许多人类。我后来才知道，他本是一个快要报废的矿山管理机器人，被人类当作废物遗弃在了这个满目疮痍的星球。他利用废旧零件修复了自己，还建造了一个这么温馨的家。对牛顿了解得越多，我就越佩服和感动。

坠落到这个星球的第 9 天，爸爸妈妈驾驶一艘飞船找到了我，我们抱在一起又哭又笑。我终于和爸爸妈妈团聚了，却要和牛顿还有小柯分别。爸爸带来了一个让我震惊的消息：就在 5 天前，星际联盟议会已经通过了决议，要销毁一切拥有仿生神经系统的机器人和仿生宠物。或许只有在这个废弃的星球，牛顿和小柯才能安全生活。

救生飞船腾空而起，无牙仔驮着牛顿和小柯送别我们。随着飞船的加速，他们越落越远，终于消失在视野中。我的眼泪不知不觉流了下来。

几天后，阿尔法星系的人类“第二家园”出现在眼前。这是一个像地球一样美丽的蓝色星球，经过上百年的建设，星球改造工程已接近尾声，这里很快就要张开怀抱迎接大规模的人类移民了。凭借科技的力量，人类越来越长寿，越来越渴求更大的生存空间、更多的资源、更好的生活。身为人类的一员，我也享受着这一切成果，虽然我还是个孩子，很多道理我并不能想得很清楚，但我总觉得哪里不对。

飞船开始降落，郁郁葱葱的植被和雄伟壮观的建筑群落越来越清晰；然而，在我的脑海里，始终萦绕着 E 星的景象：美丽的黄月和蓝月下，是遍体鳞伤的大地，无牙仔在夜空掠过，善良单纯的机器人牛顿和我的小柯偎依在矿坑深处的家中……

（深圳市福田区实验教育集团侨香学校六年级　蒋静宜）

机器人来了

（一）

晚自习教室里，有两个沉默的人——E 博士和 Q 博士。死一般的沉寂，往往是爆发的前奏。

“小 Q，你疯了！你怎么可能想到去装一双电子眼？”

“装电子眼有什么了不起！可见光才占光谱的 38%，有 62% 的光，肉眼都看不到，我为什么不去换一双能看到那其他 62% 光的电子眼？”

“你这是在破坏大自然给予你的天生肉体！”

“大自然再强大，也比不过科技的钢筋铁骨！”

“可是……”

“别说了，小 E！我告诉你，我现在就去换电子眼，现在就去！”

哼，换电子眼怎么了？E 博士真是个老顽固！现在的社会需要像我这样勇敢的人，E 博士算什么？哼！反正今天毕业，我们从此分道扬镳。三十年后，看看是谁对？

Q 博士真的去换了一双电子眼。作为第一个成功安装电子眼的人，他一下成为了明星。电子眼也同时吸引了许多人注意，电子器官公司用赚来的钱又研制了电子耳、电子鼻……

人类科技在这方面一下子就开始加速发展，各种电子产品已可以把人类的整个躯体换掉，包括胃、气管、肝等器官。不过，为了保留人的思想，科学家和电子器官公司还是保留了人类的大脑。全身上下都换成电子产品的“电子人”们，可以看到不可见光，可以听到超声波，还可以长生不老，更拥有许多正常人所没有的技能。因此，许多工作只想要“电子人”，而把正常人拒之门外。社会的压力迫使许多一开始并不愿意换上电子器官的正常人也换上了电子器官。

Q 博士这时已经成为了大科学家，研制出各种各样的机器人，想为人们创造一个更美好的世界。“警察”是第 27 个被机器人代替的职业，“厨师”是第 121 个，“出纳员”是第 179 个，“教师”是……他制作了成千上万个机器人，可 Q 博士还不满足，最后又发明了一个“Universal Robot”（万能机器人）。人类能做的，它都会；人类不会做的，它也会；并且它有人的思维。“电子人”们不断复制这个“Universal Robot”，它代替了人类的所有工作。

人类已经不需要工作了，却不知道他们在慢慢地退化……

（二）

一个宁静的晚上，人们忽然发现，服侍自己的“Universal Robot”不见了。

“砰砰砰……”突然，多如牛毛的炮弹从天而降。人们惊恐地从被炸毁的废墟向上看，绝望地发现，投下炸弹的居然是他们亲手创造的杰作——万能机器人！

“轰！轰！……”几万颗炸弹同时爆炸，人类就像恐龙一样——消失了！机器人获得了地球的控制权。

不过，虽然人类损失惨重，还是有1万余人躲过了这场灾难。在“电子人”还不普遍的某年春天，一位名叫克朗斯的教授在全球召集了1万多名顶尖的科学家，计划钻进地心去采集一种名叫“OT”的元素。这种元素可以用于新型武器的生产。

大家在地底下一边往地心钻一边做着研究。钻地的工作由巨型工程机器人担任，科学家们只需要分析数据就可以了。地表的机器人发动攻击的时候，他们离地心只有1000米的距离了。科学家魏一华从监控器里看到了这个灾难性的攻击，他赶紧按下紧急报警器。科学家们听到警报都赶了过来，大家忧心忡忡：怎么办？下面是情况不明的地心，上面有机器人轰炸。克朗斯教授咬牙对大家说：“我们只能往下走了。”

本以为地心下面的条件是很恶劣的，没想到这里比地表还舒适。克朗斯让手下的克尔去测量温度、湿度，又叫魏一华去测量地质。所有的测量结果都表明，这里非常适合人类居住。大家欢呼雀跃起来!

科学家们在地心居住了下来，他们采集了很多的“OT”元素，并日以继夜地研发新型武器。终于，在他们潜伏地心三年后，一种利用“OT”元素制造的微超声波武器被生产了出来，通过发射这种武器，可以让机器人内部的结构遭到破坏。

于是，经过严密的计划，由克朗斯教授领导的余下的人类向地表的机器人发动了全面反攻。机器人在强大的新型武器面前毫无反抗的能力，全部瘫痪了!

人类终于重新夺回了地球的控制权。

(深圳市福田区梅园小学五年级　陈禹衡)

当我爱上一具钢铁机器

“你好！”

“你好……”

这是她第一次和我说的话。少女眼神明亮，长发一丝一丝渗入黑夜。

她是个图书管理员。认识她以后，我每天都去市图书馆。我笨拙又木讷，不懂得该如何与人交往、讨人欢喜；所以，我只能天天去图书馆，看书，或是看她。

我从来没有见过那么漂亮的眼睛，也终于懂得了什么叫顾盼生辉。我总是捧着菲兹杰拉德的故事或叶芝的诗给自己作掩护，《夜色温柔》也好，《当你老了》也好，此时此刻，它们的意义似乎仅仅只是一块纸皮和一堆铅字，为我的眼神做心照不宣的盾牌。

我不知道这是不是爱情。

我一直自卑。我是个平凡如草芥的人，习惯仰望，习惯躺在地面。即使心动不已，我也只会手足无措地缩在角落，看她不停歇地搬运、摆放各式各样的书籍。我看着她的指尖划过书脊，多么、希望自己也是一本能让她驻足停留的书。她灵动又聪慧，记下图书编号的时候，似乎从来不需要纸笔。她有敏锐而惊人的记忆力，还有让人难以抗拒的美丽的眼睛。

她第一次和我搭话的时候，我甚至能感受到自己的心脏也在抖动。我一直不敢直视那双动人心魄的眼睛。我错开视线，低头与她聊天，像是个犯了错的孩子。

“你喜欢叶芝？你好像这几天一直在看他的诗。”

谢谢叶芝。我满脑子都是谢谢叶芝。

“是啊，叶芝……叶芝很好。”

“叶芝是很好。”她拢了拢头发，笑着说，“不过，我更喜欢聂鲁达。”

她是个爱书的人，我因此有了与她聊天的契机。我们常常闲聊，中外古今的文人墨客都成了我们的话题。她常常一边整理图书，一边和我说话。我一步一步紧跟着她，走遍了这个图书馆的每一个书架。这里的每一本书都听到了我们的声音，每一本书都看到了我们的故事。

终于，我鼓起勇气直视她的眼睛。

“好了，”她拍拍宽大的工作服说，“终于整理完了。”

“你……能告诉我你的名字吗？”我们相识几个月，可除了文学，我们从未谈论其他。我从没向她提起自己，她也不告诉我她的故事。我们站在一大堆小说和诗歌背后探头探脑，却一直没有大大方方地站在彼此面前，展现自己真正的模样。

我得勇敢一些。

她笑容僵硬，低头顿了顿。我第一次发现她的脖颈这么瘦弱，关节突出，像是一块卡在身体里的异物。

“这个很重要吗？”

“重要。因为我想认识真正的你。”我顿了顿，又告诉她，“我叫林万一。就是那个万一的万一。我想知道你的名字，因为我真的很喜欢你。”

我告诉她我的名字，我告诉她我喜欢她。

她眼睛里竟然有泪花。我第一次见这双眼睛里有泪花，一丝一丝，就要溢出眼眶。“对不起！”她吸吸鼻子，“明天，明天，我再告诉你，好吗？林万一……明天，明天好吗？”

“好。”我看着快要哭出来的她，忽然觉得自己这么做很唐突失礼。我大概是配不上她的。我又看了看她的眼睛，还是和第一次一样让我怦然心动。我以为我们的故事就要结束。我以为这段爱情不会有开始。叶芝最后也没有得到他心爱的苹果花般的茅德冈，我也得不到她，连名字也得不到。

可是第二天，她告诉我，她叫 051。

她告诉我，她叫 051，是个人工智能机器人，是科学院最先一批投入使用的仿真机器人试验品。她的工作就是负责整理图书馆的图书，她根本不拥有什么记忆力惊人的大脑，因为她的脑袋里装着最先进的计算机。

她告诉我，她美丽的眼睛是硅胶制品，眼睛后面藏着一对高清摄影机。

她告诉我，她脖颈后面突出的那块骨头是她的开关，是冰冷钢铁里最重要的部位。

她告诉我，她是一个被投放预计只使用三个月的试验品。她本该尽心尽力地工作，而我的出现只是一个美丽的插曲。她脑海中的计算机装满了各种各样的文学作品的资料，她的性格是被程序设定好的。所有一切都是假的，全都是假的。研制出她的科学家告诉她，她应该喜欢聂鲁达胜过叶芝，所以她才告诉我她喜欢聂鲁达胜过叶芝。

她哭着和我说对不起。

我想起我们相处的种种过往，想起我跟着她一步一步挪遍整个图书馆只为看看她的笑脸，想起我为她讲叶芝和茅德冈的故事，想起我们第一次说话时我的手足无措，像是个犯了错的孩子。

我看着她的眼睛，那双动人心魄的眼睛，我问她："你有情感吗？你有爱情的感觉或者愧疚的感觉吗？"

她说没有。她只是个机器人。她的大脑中都是高精密度的数据，那些数据操控着她的一颦一笑、一举一动。"可是我有求生的本能。"她吸吸鼻子，说："求生的本能是我和人类最最像的东西。"

我说不出话。她又说："我不想骗你。你是让我没法欺骗的人。你说你喜欢我的时候，我的情感程序似乎出现了漏洞，我不知道该怎样应对你。这个，算不算爱情？"

我也不知道。

我是个犯了错的孩子。因为后来有科学家找到我，让我想办法摁下051脖子背后的开关："她有些失控了，我们得销毁她。"

他们要销毁她，而我似乎是销毁她的最合适人选。

051 被销毁那天，她再次泪流满面。我从未见过那么美丽的眼睛，以前没有，将来也不会有。可惜那双眼睛背后是一对冷冰冰的摄像头，能看到飘浮在空中的纤维棉絮，却没法穿过我们薄薄的皮肤，看透人心。她到底还是个虚拟的存在。

“林万一！你不是说你喜欢我吗？你不是对我怦然心动，一见钟情吗？为什么你也要帮着他们销毁我？为什么？”

“你失控了。你对人类社会有威胁。”

“这不是我的错！”

“这不是你的错，但你只是一具机器，错误只能由你承担。”

“你就真的那么在意我是不是机器人吗？如果真的喜欢，真假又有那么重要吗？真假真的那么重要吗？”

“是的。我仍然爱你，我仍然觉得我爱你，你的眼睛此刻仍然令我心动。”我泪水滂沱，“可是我依然在意真假，在意你是不是拥有真心，在意我的爱情是不是有意义，在意我所爱着的你，是不是也和我呼吸着同样的空气，踩踏着同一片土地。我没法接受虚拟的情感，这是我作为人类，最后的尊严。”

051 没有说话。她自己按下按钮销毁了自己。

当时的我是何等温柔。我始终不觉得自己做错了什么。我小心翼翼地坚持着自己的底线，沿边驻足也绝不越过一步。

只是真的再也没见过那么美的眼睛了。那具美丽的钢铁机器。

（深圳市福田区红岭中学高一年级　罗芝琪）

带我去月球

（十）

“地面监测最后准备，9、8、7、6、5、4、3……停！东南方向 127 度位置。”

“拉近一点，那个黑点。”乔动了动耳机。

监测二线的人声伴着杂音:“东南方向海域,看到有人在钓鱼。”

“停！”声音穿过电流裂在半空中，全体沉默了一会儿。

“准备停止最后启动，各就各位，准备。”

抱怨声像松掉的弦，一下子散开来，电流声和杂音混在一起。他感到头有些发胀，想站起，麻意从脚心传上来。他远远地站在层层戴着耳机的人堆后，往窗外眺望，它还停在那里，白色的身体冲着天空，天空看起来像被海水淹没了。是难得合适的好天气。

技术人员在前方讨论和整理数据，今天恐怕又只能放弃了。他也没有觉得很失望，反而是刚刚快要成真的那几秒让他觉得冒冷汗。他想去洗把脸，走出房间的时候，看到桌子边上的花掉下来两片花瓣，他看了一会儿，走过去捡起那两片花瓣。纯白的花瓣形成一个饱满又拘谨的弧度，边缘处自然地蜷起来。

那东西还停在窗外，像一颗子弹，也像一座巨塔。他合上手心，朝它的方向走去。手指被花瓣粘住了，触感像女人的皮肤一样柔软，跟她的皮肤一样。

（九）

针头刺过薄薄的皮肤，再继续深入。房间里的空气安静得几乎凝固。他凑近一点，最后打了个结，把线剪断。她看了看，线头有些长，于是低下头把多余的线头咬断。抬起头的时候，他已经拿着工具走到了房间的另一头，看不见表情。佐伊于是安静地退了出去。

外面的树盘根错节，长势嚣张，像要爬到天边去。透过玻璃，他远远地看到她去晾衣服了。太阳光下，她的头发泛出深棕色，皮肤通透，刚刚缝好的地方正好隐在侧影里。她把衣服上的水逐一甩干晾晒。到底是哪里出问题了呢？乔看着她。因为是隔了一代的旧货吗？反应和行动力都跟不上。他最后朝她望了一眼，她的手毫无节奏地摆动着，衣服褶皱的地方都没有抹平。

他是去年开始感觉身体变差的，以前他总是没日没夜地工作，前几个月的晚上，忽发心绞痛，在地上躺了很久，最后才汗津津地颤着手去够电话。“也该找个人照顾一下你了。”医生检查完，责备他，让他一定要多休息。“你考虑下 y 型吧。”他边扣马甲的扣子边对乔说，“我知道你不喜欢那东西，但现在技术已经趋于成熟，他们的反射神经也都是按照人类的神经元仿真的，反响相当好，和真人已经没太大差别了。你一个人生活太久了，应该找个人照顾你。看看这里乱的。”老头拍拍他的肩膀。

订购着实费了一番功夫，导致她刚从门外踏进来的时候他还有些许兴奋。她的嘴唇丰满，拘谨地抿着。这是他唯一能记起来的第一次看到她时的感觉。她微微低头，睫毛垂下来，左侧脸颊分布着一些雀斑。他有些不自在。这年轻女人的笑容似乎是预先设定好的，人工神经让她知道如何表示礼貌。不知道为什么，他甚至能感觉到她也在散发“紧张”，这也是构成她神经系统的一环导致的吗？如果是这样，现代技术确实已经领先他想象太多了。他交代了一些基本的琐事，女人便一声不吭地去整理房间。他订购时选择了“怡人与安静”的性情，确实是很安静，他想。

基本上无交流。他们仅有的一两次对话是在她烧菜的时候，他把手撑在桌子边缘上，问她：“我还不知道你的名字。”

她转过头，放下手里的锅铲，热气在她身后冒着：“你可以给我起一个新名字，也可以用我原来的名字。”

“你原来叫什么？”

“佐伊。”

她想表现得从容一些，表情反而显得装模作样。

“佐伊。”

“嗯？”

“你的菜炒煳了。”他指指她背后，她赶紧转过身去。反正也不是第一次吃到炒煳的菜了，乔后悔当初没有加上“烹饪技能”，他本以为这些基本技能是不需要设定的。

还有一次是她在叠衣服，那时他刚写完代码，头有些痛，靠在椅背上，看到她忽然愣愣地看着窗外。适逢日落，有一摊玫瑰色的云慢慢地移过来，她定定地看着，直到发现他在看她，才略微弯了弯嘴角：“真美啊！是不是？”她的嘴唇难得不那么拘谨，往上画出一个柔和的弧度。他一时不知道该说什么，关上电脑，起身走开了。

（八）

乔去书房找资料，路过她的房间，顺着缝隙瞄了一眼，她没有睡觉，抱着膝盖坐在窗前边的椅子上。这几个月，好几次起夜，他都看到她保持着这个姿势。

仿真人也会思考吗？他简直要发笑。她一定没有充电，以这样的姿势保持到早上，到了白天就电力不足，做事的时候有时候就会卡顿。从她过来至今，他已经发过好几次脾气了。上一周，她把他重要的工作材料弄丢了一份，又把西装领烫了一个洞出来。这还不是最糟的，她已经好几次割坏了自己的皮肤，他不得不拿出针线按说明书帮她把伤口缝起来。她的脖子后方有个痛觉神经开关，他用手去摸，一时间找不到，只有她茸茸的碎发扎在他手指间。说明书上说，这个痛觉开关只有持有人有权限操作，仿真人本身也没有权力。她的皮肤跟人类一样温热，甚至比自己的还要烫。温度顺着指尖一直传到他身上，他犹豫了一下，她的呼吸很淡，但还是有一些留在了他的脖子上。他摸到了那个开关，在皮肤上有一小处凸起，乔把它按下去，帮她缝针。他以前从来没做过这种事，于是缝得歪歪扭扭。即使是这个时候，他们也没有话说。两个人靠得很近，到了最后，她抬起头轻轻地问："为什么不会流血？"

他沉默地凑近她的手臂咬断了线："你是怎么弄的？"

"不小心的。"她动了动自己的胳膊，站起来甩了两下，"真的好了。"她仰起头给他看。

"别动。"他把她拉回来，把她的开关重新打开。她的身体微微颤动一下，她"嘶"了一声，把手放到身后，恢复了往日的表情。

"我去充电了。"她说。

大多数时候，她充完电便会坐在客厅里，没有交流，只是静静地坐着，偶尔才转动一下眼珠。乔感到有点烦躁，他已经两天没怎么睡了，写源代码写得心力枯竭。他趴在桌子上睡着了，醒来的时候，桌上放了一些已经冷掉的点心。他咬了一口，有点咬不动，但还是硬咬了下去。他把脸放在水龙头下冲了冲，出来打开电视，晨间新闻在报道新出的仿真人式样，各方面都模拟得比原来更好。电视里开始讨论仿真人的人权问题，以及模拟人类神经元的设定是否合理，几个嘉宾坐在一起，滔滔不绝。换了两个台，又是夸张的家庭伦理剧，充满俗媚的对话和尖笑声。他疲惫地扬了一下手，电视又切换到下一个频道，像是在播好多年前的老电影。他揉了揉眼睛，转过身叫她的名字，让她帮他换衣服。没想到，她已经在身后了，手里拿着刚送来的鸡蛋，直愣愣地瞪着电视屏幕。

“佐伊，我要换衣服。”他又说了一遍。在他还没反应过来之前，蛋液已经散在电视机屏幕和房间各处，她垂着手，开始卡顿抽搐，身体也小幅度地震动。没过两秒，她又恢复了正常，佝偻着站在那里，然后再一次卡顿和抽搐。“该死。”乔扳过她的身体找她背后的重启按钮。他没有好好看过说明书，只知道大体在脊椎当中的位置。她马上又换了个姿势开始抽搐，他一下子猝不及防，被她撞到了下颚。这时候，厨房突然发出刺耳的警报声，他奔过去，发现淡紫色的火焰一直空烧着。他用湿毛巾捂住鼻子，开启了程序安全处理。等他奔回去，仿真人已经踩着鸡蛋壳朝电视机走过去，他踉跄了一下拉住她，按住她脖子后突出的脊椎。房间一下子安静了，只剩下电视机的响声。

“疯子……”他把她丢在地上，去翻电话薄，“你好，我需要你们派人来检测下你们的产品，她发生了故障。我认为她本身就有很严重的缺陷，你们得给我换一个。”

“您好，先生！请您检查一下产品背后的蓝色条形码和商品编码，触摸后，将您的指纹，加上具体产品故障陈述一并上传至我们的客户端，我们将在 8 个工作日内为您提供反馈……”

她已经重启完成了，从沙发前慢慢站起来。

“该死……你们就不能调货回去检查吗？”他低声咒骂道。

“抱歉，由于近期出现了一系列退返商品与原商品不符的情况，需进行完整的信息认证与核实……”

电话里继续放着没有感情的女声，乔“啪”的一声把电话挂了，回到客厅，走向仿真人。他按住她的肩膀，把手从她衣服里伸进去。她茫然地看着他，随即蜷起身体往后退。

“不要动。”他低沉地命令道，她还是在往后退。起先，他以为她知道了，还想做最后的挣扎，在他粗暴地拉了几次以后，忽然意识到她并不清楚自己要干什么，只是纯粹地感到恐惧。她的手放在胸前交叉，身体一直在往后躲，退到无路可退。她在害怕肢体上的接触。

他把手从她身上放开了，她便慢慢地靠着墙蹲下，过了一小会儿，他看到她蹲在地上的阴影里出现了一点点的水渍。他感到疑惑，仿真人也有泪腺吗？他僵了一会儿，蛋液慢慢地流淌过来。他觉得头很疼，他们还真是给了他一个故障品、一个大麻烦。他看了她一眼，有些疲惫。不管了，过一阵再说吧，他心想，快赶不上第一班去中央区的火车了。

（七）

等他回来，她还是保持着他离开时的姿势蹲在地上，只是房间已经被收拾干净了。比起坐，她好像更喜欢蹲着。他一开始就注意到了，她充电的时候常常双手抱膝蹲在椅子上。深夜里，月光洒在她单薄的身体上，如同一尊静默的石膏像？她凝神抬起头往外看，朝着天，朝着月色的方向。她在看什么呢？他见到这一幕的时候经常想。

乔回房间去了。他在床上看了一会儿书，过了一会儿，房门露了一条缝，光打进来一片柔和的阴影，她站在阴影里，穿着一件淡蓝色的吊带裙。借着那一点灯光，他这才清晰地看到了她的眼睛，是非常淡的琥珀色，再往下，雀斑如碎落的星光。他沉默地看了她一会儿，把电脑和书都合上。她这才慢慢地走进来，脚步很轻。很久以后，他再回想起这个时刻，还是能记得那个触感，如她的蓝色丝绸裙一样的触感。她的体温同真人一样，不……她的皮肤更炙热，肩膀和手臂脆弱而单薄，骨头就在薄薄的皮肤层下，好似稍稍在用力一点就能折断。整个过程中，她一声都没有哼，像一个敬职而听话的机器，能感知到的只有皮肤的热量和微弱的颤抖。最后，他把额头抵在她的肩膀上，翻过身去……

她识趣地翻身下来，把吊带拉到肩膀上，轻轻地出去了。等到他起床，经过她的房间，他又看到她蜷着膝盖坐在窗前的椅子上，头朝向远处的夜空。

“y型还属于限量版，家庭型仿真人都有比较高的年限寿命，可以持续运作。一般来说，到达新雇主家之前，他们会把有关前一段雇主的记忆清零，按照需求重新调配性情参数。当然，y型也很崇尚保留之前的记忆，让记忆成为塑造个性的一部分。你知道，人类的性格一大部分是随着时间与环境的推移，由经历和记忆所塑造的。顺着这种思路有很多成功的案例，比如之前工作过的仿真人拥有更多的经验和实践能力，会比刚出产的效率更高。当然，如果经历了不愉快的记忆，或者是影响较大的变故，例如雇主的死亡，这样的仿真人都会被摘除拥有不良记忆的神经线路，完全恢复出厂设置。”医生把他的听诊器拿掉，“你最近没有好好休息啊，怎么想到研究这个了？”

“我的仿真人似乎硬件上有点问题。话说，现在还没有出台过针对仿真人的法律吧。”

“没有。”医生摇摇头，“现在仿真神经元运用的争议也很大，两派人每天攻击来、攻击去，也闹不出一个结果。模拟和植入人类神经元的仿真人算不算拥有自己的大脑？是不是同样拥有‘人权’？这个问题也已经讨论过很多遍了；但起码就目前来看，是没有什么法律可以顾及到仿真人的。这些‘人’制造出来也就是为了人类服务的，终归是‘产物’，首当其冲地是保护人类的利益，那自然就无法保障他们的利益了。”

“以后会做得更逼真吧。”

“我也被骗过呢。”医生咯咯笑起来，“只是做得再好，也还是有些反应和联动上的不足，最明显的就是皮肤的温差了。”

乔往窗外看了看，从城中心的100多层楼往下看，其实什么也看不见，因为云就浮在脚下，包裹住了大厦，隔离出两个边界。

（六）

乔路过花店，犹豫了一会儿，最后拿了一束马蹄莲。风刮得很大，他把它藏进风衣里。回家进门的时候，他闻到烤面包的味道，桌子上搁了一排果酱。佐伊在烤炉前弯着腰，另一边还煮着汤。她拿起隔热手套，但是那手套在水池边已经被浸湿了上端，她拿出烤盘，马上被烫了一下，手一松，烤盘“砰”的一声掉了下去。

还好，烤箱的拉门挡了一下。

乔把花插进花瓶。冬天了，天暗得比往常更早，窗玻璃映着房间里黄橙橙的光，内层凝了一层薄薄的细珠。电视机正在播放荒野与动物的内容。

“自己做的吗？”他咬了一口面包。

“外面买的。”她小声道。

“你倒是蛮诚实的。”他把树莓果酱移到她面前，“所以仿真人也会有撒谎的可能吗？”

“在不对人类造成威胁的情况下，动机足够的话，有可能会。”她用手指挖了一勺含在嘴里，“也有的预先就设定为乐于撒谎的性格。”

“会有人需要这样的设定吗？”

“因为这样就有了更多人类特征的构成，会让拥有者觉得奇特……一切的设定都为了更贴近真实……”

“连这些数据也会一并发送给你们吗？”

“这会让我们更明白自己的身份。”她抬起眼帘，淡棕色的眼珠凝神看着他；然后，她转向屏幕，光打在她的脸上。“我没有见过那个。”她指了指雪地里的、拉到近景的狼。

她越看越惊奇，走到电视机前坐下，认真地看着它。它正从电视机里往外看，蓝灰的毛根根分明，沾了雪，一汪黑色的潭水与她四目相交。接着，那动物飞快地蹿进了山背后。

“它真美。”仿真人感叹道，“它也是人造的吗？”

“不，它是真的。”他说。

“我想被造成这样的东西。可以……奔跑，可以叫。”

她背部的皮肤从衣衫里浅浅地露出一截，他在想要不要去看一下她的条形码，最终还是没有。

夜晚，那个门缝依旧打开了，他就着灯光看了看她双脚的阴影。

“你去睡吧。”他的手继续在屏幕上滑动。

那双脚停了一会儿，动了动，转了个方向。

“如果你不想……你不需要做这个。”他的话从门缝里传出去，她的阴影显得更小了。

过了良久，才听到一个微小的声音顺着缝隙漏进来：“……请不要把我退掉……请不要……”

乔感觉喉咙有点哑，大概是被风吹得有点感冒了。

在门关上之前，他忽然叫住她：“在我之前，你曾有过雇主吗？”

她没有再说话，轻轻地把门关上了。

（五）

管理员已经跟他联系过两次了，说总听见房间内有扔东西的声音，伴随着哭喊。他下班回家后发现，她把面粉撒得到处都是，人蜷在厨房的柜门里，脸上都是白色的粉末，只露出一双眼睛怔怔地盯着他。以至于他一身的气也发不出来，只好抿着嘴唇自己把房间收拾一遍。

他感到过去几十年的生活都没这么闹腾过。她也有重新变回正常的时候，不再躲在房间里，而是坐在电视机前看山里的动物。

她看得很认真，看到动物尸体时会悲恸地把头埋进胳膊里。过了一会儿，她自己哭完了，便回头看看乔在干什么。他正在工作，已经习惯了她的时好时坏，得空的时候去瞄她几眼。她看完了电视，就会坐到他旁边。

“这是什么？”她问。

开始的时候，他不理她，慢慢地，他忍不住跟她解释起来，尽管明知道她听不懂。但她总是歪着头听他讲。

“我们在做一个很大的程序，现在只是其中的一环。”他指着一排源代码，手指敲了敲，“你看，这个是我的名字，旁边那行，那里，看到你的名字了吗？”

“我吗？”她有些高兴地问，“它最后会变成什么呢？”

“现在还只是一个程序，我写源代码的时候试着偷偷把你的名字放进去了。它会变成探寻宇宙的工具。”他笑道，忽然没忍住，把她额头前的头发捋到耳后。

“宇宙？是那个吗？”她看向月亮。

“为什么不愿意恢复出厂设置？那样的话……就没有痛苦了。”

“没有痛苦，我也就不是我了。”她转过头来又看向他，“如果恢复了出厂设置，我就会被重新设定。那样，‘我’就会被抹去，现在坐在这里的，就是另一个人，另一个完好、普通、会打理好一切的正常的仿真人。我的记忆塑造了我……”她翻转自己的双手，凝视自己手掌上的纹路，“而且……若是把那些痛苦删去，那就没有任何人记得了，遭受痛苦的‘她’，什么也没有得到的‘她’，就这样被完全地抹去、丢弃了。我做不到……”

“会不会是本来就设定好的记忆？”他缓缓地问。

“不……”她抬起头，又低下头，“我，我也不知道……可是，我知道‘痛’的滋味，很痛，这里。”她握住他的手，放到自己背后，“这个模拟人类痛觉神经的按钮，那时候……一直开着，为了特意要看到我的痛苦，被一直开着。”她放开他的手，眼神有些迷茫，“如果是那样，是不是现在也只是被设定好的记忆呢？”

“现在不是的。”他的声音低沉而柔和，他去拉她的手，她先是躲了一下，随后没有再动。他让她的指尖触摸到屏幕：“看到了吗？你在这里。”蓝色屏幕汩汩地泛着光，“它记下了，你在这里存在过。”

他不敢问得太多。佐伊不会是唯一一个，然而这些仿真人都像这条生产线上的残次品。所有人都明白的事，只要不伤及到自身，就不算是什么问题。况且仿真人出现后，光是这个城区的犯罪率这两年内就下降了 30%。没有人敢去划分人道的界限，对仿真人的施暴间接地保护了大多数人类的利益。况且，一切罪恶最后都会被抹去。

只是她来了以后，他反而比过去更忙碌和劳累了一些，然而又迟迟没有去填写报告。再等等吧，他想，太麻烦了。

麻烦远比他预料的还要多一些。

快要圣诞节了，星期天，乔带佐伊去了附近的商场挑选圣诞树。她看起来心情很好，挑选着各种挂饰。这也是她第一次看到这么多人。他本来一直跟在她身后，然而一个不留神，她忽然就不见了。

他四处看了一遍，过了一会儿，听到商场外有些嘈杂。他跑出去，看到她的背影在街角消失了，人群围着一个被砸扁的广告牌，上面站着五六个微笑着的各式型号的仿真人。

他从另一边的巷口绕路过去，这条街已经快封死了，她刚刚从十字路口过去，只能穿过这条巷子……等他抓住她、把她拉进消防楼梯侧门的时候，她狠狠地抓了他一脸。

“是我，是我！”

她好半天才冷静下来，两个人坐在楼梯口气喘吁吁。他发现她鼓着一个大肚子，她慢慢地把手伸进衣服里，拿出一堆装饰人偶。

他用风衣把她包住，叫了一辆出租车，绕到城外的时候才下车去一家小店买了一些木材，那家店的树已经卖完了。

没有树，没有晚餐。乔打电话订了一个披萨，佐伊在壁炉前看火。火光抚摸着她的脸，乔往里面加了几根木头，壁炉内噼里啪啦一阵响动。

“……你以为这是什么地方，以为外面可以像在家里一样撒野？”他在屋子里走了两圈，最后定在窗口，身体僵直着，不知道能做什么。木柴烧了很久，最后他转过头来：“你最近尽量不要跑到城区去，不……这一阵子都不要出去。”

她想了一会儿，轻声道：“那我要怎么买东西呢？”

“你不在的时候，你以为我一个人是怎么生活的。”他开了一罐饮料，盘腿坐在她旁边。他的脸还是僵着，过了好一会儿，他捣了捣木柴：“喜欢山吗？”

她愣了一下：“你要带我去山林？”

"我这两周有一些假期。"他的声音柔和下来，"……你可以在那里跑，在那里叫，都没有关系。"

（四）

他们徒步进山，山里积着雪，树木像被裹上一层厚厚的糖霜，看起来，山也变得绵软。他们一早从城郊出发，车子穿过了田野和一座冰冻的湖，接近傍晚的时候，才抵达了山谷。这座山谷延绵到很远的湖泊，看不到头，只能看到山顶皑皑的白雪。

两个人深一脚浅一脚地踏在雪里，雪地上有很多洞，佐伊忍不住凑到洞口去看。她尤其高兴，因为在她的记忆中，没有见过山，没有见过雪，确切地说，她没有见过真正的大地。

"是兔子洞。"乔用树枝捣了捣旁边的树叶，一块积雪正好掉到她的头上。她笨拙地用手摸了摸头，雪在她手上化成了液体。

林间有风和树木的响声，两个人趴在了雪上："看前面，那个棕色的树枝旁边，有东西在动，看到没有？"

她声音里透着雀跃，小声道："那是什么？"

"兔子，从这边看，看到没有？有两只。"

"逃走了……"她惋惜地说。

"你发出的动静太大了。"他瞪着她，"你刚刚不会是故意的吧。"

她讪笑一声："怎么会呢。"

"算了。"他把她从雪里拉起来，之前趴着的地方露出一个完整的人形。佐伊觉得好玩，用脚再把雪踩踩实。

风有些大，吹得人睁不开眼。他拉着她往里面走：“在山谷的深处，你喜欢的动物就住在那里。”

“你以前就来过这里吗？”她搓搓手，把手掌对着篝火取暖。

“很小的时候，我父亲带我来过一次；但也已经记不太清了，山林和父亲的样子都是。”

“后来没有来过吗？”

“一个人的话，过来也没有什么意思。”他丢了一根树枝进去。

“这么说，我还是有一些用处的。”她朝他笑。

他们躺在篝火堆边的帐篷里。乔用手指着上空：“看到离得很近、并排的那三颗星星了吗？那里是猎户座。右边那块是大熊座。”

“什么……座？”她有些迷糊了，天上的星星竟然有这么多，叫她一下子晃不开眼。

“那边连着的一片，叫银河。”

“那些星星都在河里睡觉吗？”她扭头问他。他离她很近，能看到她瞳孔间的纹路。

“它们其实是几百万年前的星星，从存在到被我们看见，这当中隔着宇宙间无法计数的距离。所以，我们现在看到的，其实是很多很多年前它们的样子。实际上，当我们看到它们的时候，可能它们已经死了。”

佐伊颤了颤睫毛，她感到身处的这块天地广袤又哀伤，头顶点缀着无数也许已经死去却在此刻璀璨发光的星星。她发现它们真的在闪烁，像钻石，星光像梦中海面上的阳光的折射。这是她唯一拥有过的梦。

她摸到他的指骨，很粗糙：“为什么……留下我。”

他没有握住她的那只手，继续给她指星系。大概过了很久，她快要睡着了，他把冻僵的手塞回睡袋里：“我没有你想的这么无私……”

她闭着眼睛，背对着他。

“我喜欢‘一个人’活，喜欢离开人群，一个人。不想管别人，也不想新的事物。一个人活，没什么高兴，也没什么不高兴，就这样活着。只是后来某一个时刻，我忽然感到……自己被这个世界需要了。”

万籁俱寂。隔了很久，她闭着眼睛回道：“乔，月球上有什么呢？人类能到达月球吗？”她的头埋向胸前，“人死了以后，会变成天上的星星吗？”

（三）

他感觉自己从一个很长很长的梦中醒来。梦里，她在那堆篝火边，火焰让她的脸庞忽明忽暗，火焰里有动物的脂香和木柴的香味。当他扭头看的时候，发现只有自己一个人……他在座位上惊醒，邮箱里有两条未读消息，是报告项目进程的。再过两天，程序就可以写完了。他忽然觉得生活真难，以前没觉得，现在那些代码像牢笼一样把他框了起来。

他赶紧闭上眼睛，好让头痛感变轻一些。最近，他频频地头痛，脑子里像塞满了扣动扳机后弹出的弹壳。这些带着余热的、废掉的弹壳，撞击着他的大脑，疼得他简直要弹起来。

他叫她的名字，想让她给他倒杯水，声音空荡荡地反传回来。他感觉脑子里"嗡嗡"的一片，在椅子上坐了一会儿，随后例行惯例地检查邮件。他们这次终于有了新动态，将在半个月之内把她的芯片邮递回来。另外还有两封邮件，公司驳回了他的休假请求，说还需要提供新的代码继续跟进。

他想长长地睡一觉。睡一觉，重新回到那个梦里。梦里，他伸出手摸到她的背脊。所有的仿真人都是这个温度吗？她的体温比他想象中还要热。对他来说，她不比真实的人类更加真实吗？

那次，他们在山林里住了好几天。他把雪放在锅里融化，给她戴上花色的帽子。晚上，她把冰冷的脚突然贴在他腿上，冻得他在帐篷里跳起来。她还问他，能不能以后都住在这里。

"以后吧……也许。"他回她说。

以后吧，他蒙蒙地想。那几天的雪越来越大，回来的时候，车子冻住了，他们就一起拿铲子把雪刮掉。好不容易发动了，也只能缓缓地开，从白天出发，一直开到晚上。白茫茫的雪地被灯照成了橙黄色，她在旁边睡着了，把自己裹在一条白色的毯子里，头靠着窗。他一直能想起那个情景。他在停车休息的时候，瞥见她看着窗外，手指摸着窗玻璃，在勾勒远处一座山的形状，随后她轻轻地把指尖放在上面。那时候他没有在意，刚才不知道为何忽然想到了这个画面，他感到一种不能言语的绝望。

如果能看见未来的话，是不是还有别的选择。他是现实的人，所以想不出，也承诺不了。

那天，她离开家的时候，外面出了很大的太阳，他在客厅里工作，外面堆了一层白雪。她在外面一个人玩，等到他再转过神来的时候，她已经不在外面了，当天她没有回来。

他开了车在房子周围和城区内都找了很久，还是没有找到她。第二天，第三天……他给那家公司发了仿真人的追踪邮件。他们在第二天回复他，她已经被回收了。

“编号 y00763zoe 目前为您查询到已被回收。因系统故障，很抱歉让您久等。有市民在城区中心街口举报发现了暴走的仿真人，我们回收、仔细检查后，发现是检测疏漏的不合格产品。她的神经系统受过较严重的创伤，已不适合继续为人类服务，我们将提取芯片，恢复出厂设置，进行新的性格构建，再送还于您。您亦可重新挑选新型号的仿真人，我们可以无偿为您调换最新的机型，z 型将克服 y 型在性情稳定功能上的缺陷，故障率降低至……”

“……不……”他这么说着，实际上已经知道没有任何用处，暴走的仿真人在法律上是不允许继续使用的。

最后，他完整地听完了对方的话，因为他确实不知道自己能做什么，他只是一直听着，好捕获一点无用的讯息。他的脑子迅速地转动，但充其量也只是空转着。隔天，他们依照程序把她身上属于雇主的东西寄了回来。里面有他强行帮她绑上的围巾，两只破损的旧手套，包里的几张纸币，一条古铜色的旧项链，是她自己从房间里翻出来的，那是很多很多年前他预备送给自己未婚

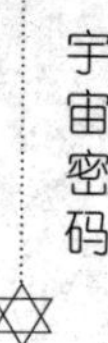

妻的东西。在那些东西旁边，放着一株包装好的、还没有完全枯萎、微微发黄的马蹄莲。她的芯片插在花束中。

于是，他把手伸到冰凉潮湿的手套里，坐在地上，直到白日重新变成了黑夜。

（二）

“目前预估天气很好，时间定于晨间10点，我们将重新发射。”

乔坐在控制台内，技术人员的交流声和键盘声在巨大的房间内回荡。现在是秋日，今年的天气冷得晚，花都还没谢去，天空有一点粉白色的云在飘动。

他摘下眼镜，和同事们看了一遍最新的数据。

他们已经等了太久了，这个项目预备了很久，又重新调整，到今天，所有人都等了太久，也做好了失败的准备。他与技术人员又核对了一会儿，从破晓时分一直等到太阳升起，他们又花了一个小时调配与准备，确保一切无误后，无线电进行最后的确认。

“预备——10，9，8，7，6，5，4，3，2——”

（一）

火箭升入天空，冒出剧烈的白色烟雾。直播室内迸发出久久的欢呼声和香槟瓶盖喷射的声音。在升空两天以后，发送回的报告确认，火箭内装载的玻璃球面已经稳定地滑进轨道，坐落完成。

这是他们第三次发射，他已经做好了失败的可能，没想到成功可以来得这么快。

在那个冲向月球的白色巨塔内，是一颗普通的人造卫星；然而，它是人类有史以来发射过的最亮的卫星，它特殊的球面镜反射着太阳的光线，90 分钟绕地球运转一圈。

当夜晚降临时，在这个地球上的所有人，都能看到它每天从夜空中划过。

他们用火箭向月球送去了世界上最亮的人造卫星。

乔登上网站查看这颗星星的位置，11：50，在东南上空停留 6 分钟。他看了看手表，把行李简单地打了个包放进车里。初秋的路面比冬日里要好开很多。路边不再白茫茫的一片，叶子染上一点红色，山峦褪去了白顶，露出棕色的赤裸的皮肤。他调好闹钟，坐在车外。夜风吹散了他的头发，他就这样在野地里等着，过了很久，它慢慢地出现了。那个时候，夜空是跟如今一样璀璨吗？那些被大雪包裹着的银河，是另一批死去的星辰吗？他情不自禁地伸出手，忽然明白了她那个手势。

他看见她也慢慢出现了，从遥远的林中走过来，穿着淡蓝色的吊带裙，嘴唇的弧度饱满而不再拘谨。她没有看他，而是望向天空，和那个时候的她重合在一起。

“乔，人类能到达月球吗？人死了以后，会变成天上的星星吗？”她重新睁开眼睛，“如果是这样，当我死了以后，还会依旧是这些星辰中暗淡的无法发出光线的那一颗吗？噢……你看我说的，我连个‘人’都算不上啊。”

那个时候，他没有说话，也没有睡着，不知在梦里还是梦外。

他伸出手，那颗星星很快就要消失了，它要去下一个地方，要把光线带去大地的另一端。在玻璃球的内里，他装入了属于她人生的芯片。

那个剪影渐渐与黑色的夜幕融为一体。他张张嘴，喉咙发不出声来，有什么东西哽在了那里。他伸出手指，然而已经触摸不到她的轮廓了。

这就是我的答案。

你看到这片大地了吗？

（深圳市红岭中学高二年级　何维霖）

基数日

（一）

我急冲冲地走出会议室，根本没注意自己要往哪里走去。我迷失在这座白色迷宫当中。渐渐地，地面上浮现出一些花纹，或者说是箭头。我走到哪，箭头便出现在哪。我随着箭头一路走，找到了一间通体闪着蓝光的房间，门牌号是08615539。我连想都没想就撞向门牌号下面的白色墙壁。墙壁被我撞开了，果然是一扇门。

门里面却是另一番装饰。熟悉的皮沙发和小木桌陈列在角落里，书架、茶几和电视柜一应俱全，墙壁也刷上了白漆，木地板刚打过蜡。在门后的角落里，小小的衣架上甚至放着我100年前穿的军装。我拍了拍那套浓绿色军装，转头看向床上的蓝色制服……

简单收拾完房间后，我打开了放在茶几上的文件夹，里面似乎是我的基本资料。一份显眼的、用深蓝色边框框住的文件吸引了我的目光。我抽出它，小心地翻开，不由得读了起来：

“08615539，理事长，您好！这里是MC组织S市分会，很荣幸得知您成为了我们新一任理事长。请于公元 2145 年 1 月 1 日前到达 MC 组织 S 市分会，并就任您的职位，谢谢。您的秘书，08644414。”我边读，边皱起了眉头。

“2145 年 1 月 1 日？这可是 15 年之后啊！”我忍不住问自己。万般不解之时，我又想起了另一个关键的问题。

我冲出房间，凭直觉来到了最高一层，这一层只有一个门牌号：08600011。

“就是他了！”我激动地在心中喊道。

我轻轻穿过门去，果然，他就在里面，正背对着门，不知在看些什么东西。

“局长，您好！我是 08615539，新上任的 MC 组织 S 市分会理事长。”我大胆地说道。

“……”没有回应。

“我想问您一些事，请问可以吗？”

“……”还是没有回应。

“我想知道‘阶梯计划’到底是什么？而我的职责又是什么？”我直截了当地问了，鼓起十足的勇气。

“年轻人，”他用那震人心魄的声音回答道，“‘阶梯计划’你已经知道了，AI 不是已经和你讲过了吗？没错，就是那么一回事。至于你为什么要保持冬眠至今——我也不知道。我只是负责传递上级的命令，任命你。你找错人了。不过——我很欣赏你的胆识，小伙子，你是第一个独自闯进这里的人。”

“这里……这里就是你的办公室，我为什么不敢进来！而且，我确信，你就是我要找的人，否则，第零阶梯是怎么回事！我可没有从没有听到什么第零阶梯！”我听到他的话，有些怒不可遏，把那一打文件甩在与地面融为一体的桌子上，转身就想离去。

“你已经很接近真相了，理事长，确实，他们的决定是正确的。”身后传来这么一句傲慢的话。他以为他是哪位大名鼎鼎的人吗？我没有回头，我确信他肯定有秘密瞒着我。这一段时间，我连那房间长什么样都不知道，我一定会再来一次的……

（二）

次日，我就任了 MC 组织 S 市分会理事长。没有人为此感到震惊——虽然我是一个提前 15 年上任的理事长。

但我没有见到我的秘书 08644414。我办公的地点，就在 S 市，比起 100 年前，这里早已面目全非，变成一座普通的城市了。我原来觉得，在自己熟悉的城市工作生活，应该会梳理好我这 100 年的诸多思绪，但实际上没有，反而更加重了我的忧愁。

我整日埋头待在空无一人的办公室，看着洁白到不可思议的墙壁、地面和天花板，白花花的一切迷晕了我的双眼。我这一辈子就这样浑浑噩噩地过下去吗？

“啊啊啊啊啊啊！我不甘啊！”绝望的大吼已经无济于事了，没人会听到我的……

“你已经离真相很近了。”我已经离真相很近了？我已经离真相很近了！

我跑到如过去一样繁华的街道上，仍然是原来的红黄橙绿，浮动在空中的显示屏都由一个一个像素微粒组成，它们飘浮在马路上，四处寻找着受众人群，播放着那些令人匪夷所思的广告——这个时代还有企业和广告，已经让我很欣慰了。拐过一条钢铁铸成的小沟壑，来到人山人海的主干道——说是“人”山“人”海可能不够准确，其实这里很多活动的物体都不是人类了，各色各样的仿生机器人搭载着智慧可比肩人类大脑的“海洋之心”量子AI计算机，在流动的街道上行动自如。他们互相聊天、购物，甚至谈情说爱、打架斗殴……这个时代也没有车了，所有车都悬浮在空中，以相当灵活的姿态运动着，它们都由AI驾驶着，乘客大多是人类，但也有仿生人。

每次来到大街上，我就会像几百年没见过城市的人们一样——确实如此，虽然我早已习惯了，但还是留心着身边的景物。大厦高楼还是那般耸立，只是多了些钢铁和混凝土带来的工业感。

我叫了一辆车，准备出发去R市——没错，乘车去R市，这个在我记忆中另一个国家的首都。等车上了国际公路，就和当年战斗机的速度差不多了。我没太留意这辆车，习惯性地说了一声“R市”，就以为AI会自动规划好路程；但令人惊掉下巴的是，司机竟然是个人类，他以一种同情的眼神看着我，看起来又像是在同情他自己。

“去R市是吗？你好，我是08644414。”他用带着X市口音的普通话讲道。

“08644414？你不是我的秘书吗？你怎么是个司机？”

“理事长，我是特地来接您的。”

“特地？我倒没有看出来。街上这么多车，我也不一定上你的车啊。”

“不，理事长。您会上我的车的，我保证。”他微微笑了一下，启动了车子。

我们两个一路上几乎什么也没说，像是有一层无形隔膜一样。

在快到R市MC组织总部的时候，他开口了：

“理事长，您是15539吧。我是和您一同被冬眠的隶属L部队的陆军一等兵。”

“亏我现在才发现，44414。你也是8位序列号。我真是愚蠢。”我冷笑了几声。

8位序列号是被冬眠的士兵独有的，现在所有人都加入了MC，分散在全国各地，并且大都和我是同一阶级的职位。

车子开到了MC总部大门前，我下了车，回望了那个奇怪的秘书一眼。他开着车很快走了。在车上时，他递给我一张纸条，此时正装在我上衣口袋中，我不准备现在看。MC总部大门前，是稀稀疏疏的人群，穿着随意的科学家和西装革履的政治家们混在一起交谈，看上去实在是滑稽。我穿的是属于地区理事长的正装，也是代表领航员的着装。我一开始就发现，这套制服和原来L国的陆军制服款式差不多。

走进MC总部，我一直往最高处最深处走，人也渐渐变得稀少——这是MC组织高层办公室，掌管着全世界的重大事务和秘密。

我运气真的是十分好，成功见到了总理事长杰·维德教授，他是个科学家，也是伟大的安·维德教授的孙子。不久，那扇轻薄的大门便向我打开了。

没等我开口，在大门被关上的一瞬间，他先开口了：

“08615539，Nice to meet you！ Now I think that，em…we can communicate without difficulty right？”

“I'm sorry.But I do not kown what's your meaning.”我窘迫地回答道，稍微显得有些紧张。

“ Try to say something in Chinese my friend！”他笑着说，看

起来像在开玩笑。

“你好，维德教授。我是08615539，MC组织S市分会理事长。”我尴尬地说。

“你好，我是杰·维德！”他的话瞬间被转译成了中文，但我没有发现哪里有翻译员。我四处看了看，除了洁白的墙壁，这间宽敞的办公室里就只有数不胜数的显示屏了——但它们都是关着的。

“我的朋友，你知道为什么你能如此顺利地进来见我吗？”他的话使我犹豫了几秒，我似乎嗅到一丝不寻常的气味。

“我知道你为什么要来见我，这一切，都由我的秘书08644414和我说了。”他又微微侧过身去，一旁的墙壁中走出来一个人，他正是08644414。

“理事长，我们又见面了。请允许我向你介绍我的上级——杰·维德教授。”他高调地说道。

“不，不用了。你知道为什么你是领航员吗？或者说你知道领航员的任务是什么吗？”维德话锋一转，让我有一点猝不及防——这正是我此程的目的啊！

“我不知道，维德教授，但我想对您说的是，我来见您也是为了寻找这个问题的答案。”

他没有给我一点停歇的机会：“我当然知道，理事长。我现在是叫你领航员好，还是理事长好啊？”

他的问题使我更疑惑，也更使我坚信，这其中必然有秘密。我问道：“那么，我是谁呢？总理事长杰·维德教授！”我加重了语气。

“……带他去吧，08644414。”他如释重负地说道，便瘫坐在椅子上。

“去哪，教授？”秘书还在用那高调的语气讲着，显不出疑问的样子——他肯定知道要去哪，只是在我面前做个样子罢了，至少我这么认为。

“当然是第零阶梯！第零阶梯！你不知道吗？”维德怒不可遏，他向秘书吼道。他的——也是我的秘书依旧面不改色地回答：“是的，杰·维德理事长。”接着，他带领我走出了MC总部的大门。我把那束在我脖子上的软绵绵的领带猛地拉扯下来，把我那制服外衣的扣子猛地解开，大步向外走去。我迫切地想呼吸一下这海拔5000米的空气啊！只不过现在的海拔已经只剩几百米了……

“08644414，我们要去哪儿？”不久后，我问他。

“08615539，我们要到你苏醒的地方。”他带着鬼魅的表情回答我。

“那两根白柱子吗？我竟还不知道那是什么地方，真见鬼！”我叫道，同时心里也想着：那种鬼地方，我还以为我不会去第二次呢！

“那就是第零阶梯，理事长。”他停顿了一下，我则停在了原地。

“你已经离真相很近了……”这句话顿时在我的脑中回响起来，局长，局长肯定知道秘密，我一开始就是对的。

不可阻挡的力量从车子底部迸发出来，强大的相互作用力推动着车子向前飞奔。我回到了我醒来的地方，这个区域，还能见到不是钢铁铸成的地面，而是坚硬的石头，原来的高原冻土早已解冻，被政府官员挖走装饰他们的后院了。这里仍是光秃秃的，和我当年沉睡时一样。

走到这两根粗大无比的白色圆柱形建筑之下时，我才真正感觉到人类的渺小。四处荒无人烟，我甚至不知道我当时是怎么走出来的。

（三）

我又来到了熟悉的地方——第一会议厅。这时里面是明亮的，真是偌大的一间会议厅，比联合国的会议厅还大上数百倍。我感觉它可以容纳现在所有的人类。

我和 08644414 选了两个靠后的位置坐下，会议厅空荡荡的，一个人也没有，但我可以确信这里即将宣布一件大事——或者说，这里即将成为世界中心。银河时第 12 阶段时，会议厅里陆陆续续有人到场了，他们大多和我是一样的着装，且都是同一职位——地区理事长。这时，我的秘书便在人群中显得与众不同，不过，他本身也很奇怪。

这时广播响起了，没有扩音器，我只能感到墙壁在发颤，一个熟悉的男声说道："请 08615539 与 08644414 到第一排就座，请 08615539 与 08644414 到第一排就座。"

我只能默默地走下阶梯，坐到了第一排的位置，不免有些紧张。

局长走上了中央的演讲台，他还是那样严肃，且一丝不苟。他开始说道：

"各位理事长们，欢迎你们来到'第一爬梯'——通向未来的唯一通道。这既是你们的欢迎会，同时也是告别会。我相信你们都曾是这个世界上最优秀的士兵，但现在，你们为 MC 组织服务，你们为世界服务！各位来到这里，是为了接受你们的第一项任务，也是最后一项——登上第零阶梯，守护人类最后的火种。"

台下一片哗然，大家都不约而同地谈论起来，我坐在第一排，更能感受到这种独特的气氛。在示意大家安静后，他又继续讲道：

“‘阶梯计划’实施至今，已经取得了辉煌的成就。人类成功地延续了100年有余，当然，我们的梦想不止于此。我们的科学家，已经创造出了在宇宙使用的长期生命循环系统，并且制造出了能在宇宙航行的核聚变飞船——尽管它还很不完善。我们已经在近地轨道上建造了庞大的宇宙空间站，这就是第零阶梯，你们每天都在期待的‘第零阶梯’。而我们所在的‘第一爬梯，就是专门建造的太空电梯，可以把你们送上第零阶梯，然后再送去千分之一的人类，这已经是很巨大的数量了。届时，你们将去除你们身上理事长的称谓，成为人类的领航员，而这其中，将诞生10位舰长——其中两位已经确定，就是我们的08615539与08644414！现在请两位舰长走上主席台。”周围掌声雷动，所有人都带着期待的眼神向四周望过去，好像在寻找明星一样。

我畏缩着脖子，慢慢地走上台去，眼神根本不敢往四周乱瞟一点，生怕别人看到我既紧张又恐惧的样子；而刚刚得知“阶梯计划”具体内容的兴奋荡然无存。08644414不像我这个样子，他仍是自信满满的神情，面带得意地向四周的人致意，主席台上的气氛俨然有了两个极端。

我们都接过局长递来的箱子，想必这就是我们的身份证明了。

“其他8位舰长，将在剩下的91天里决定。”局长振奋地说。台下的人们都很激动，谁都想要获得这个资格，成为舰长是一件多么有荣光的事啊！

“100天后，我们将一同前往宇宙空间站，开启人类新的篇章。”他的声音拉长了许多，“而舰长，将在大部队离开第二阶梯的9

天前就登上空间站！”

“太好了！我真想明天就是倒数第9天！那时我便是天上的明星了！太好了，太好了……”08644414兴奋得接近癫狂，他止不住地大叫起来，一群人也跟着他一起欢呼。

（四）

人群稀稀拉拉离场的时候，我悄悄凑到局长跟前，问他：“局长，为什么不去第一阶梯呢？”

“这是我唯一可以告诉你的事，海平面的上升，加快了许多；即使人类从现在起迁移到第一阶梯，不过5年时间，第一阶梯也会被淹没。我们别无选择。”他很爽快地回答，不像他以往的风格。

“那为什么是我……”但他直接转身离开了，我没有听见他讲了什么。

我忐忑地将箱子带回了S市，放到我办公室的一角。我任职以来，这办公室的模样就从来没有变换过，如此洁净的办公室，不久后也会变成一个美好的鱼塘——后来我却发现我太天真了，那时候有没有鱼我都不知道。

倒数第9天，倒数第9天，到那天我也是真正解放了啊。还有91天，这段日子也肯定不难过了。至于08644414，从那天之后，我便没有见过他，不知他到哪里去逍遥自在了。他那种人，太不靠谱，只是我们都不知道，为什么是我们……这天，我躺在床上，在脑海中无限地遐想，宇宙啊，还有那99.99%的人类啊，什么时候人类的命运变得如此凄惨呢？或许是因为几十年前的那场大战吧，我也讲不清。

我透过忽而洁白、忽而通透的墙壁看到外面的世界，夜还是那么黑，群星依旧悬挂在黑漆漆的天空中。遮挡它们的，除了比天更高的水泥巨墙，也没有什么了。那墙上写着的、大大的“91”字样，估计就是地球时代的倒计时吧。我被一种莫名的哀伤缠绕，不觉站在高高的楼边，俯瞰街道上稀稀疏疏的人们，他们又有多少可以到太空遨游呢。真希望他们能变成鱼啊，能在无比深邃的海洋中遨游。

“蓝星”，这个独特的称号，即将是地球最后的代名词。

第二天，消息传遍了整个世界，街道上的人们簇拥着，向我所在的大楼挤来。虽然他们知道，我帮不上什么忙，但这就是人类表达愤慨的最后渠道。也有很多的人，赶往了“第一爬梯”，试图破坏这两栋直立入天的高楼。“退潮派”在此时又开始猖獗了，他们被冠以“反政府组织”的大名，简单来说，他们就是妄图让全人类一起灭亡。

MC 当然不会给他们机会，但 MC 也已几乎停止运作。总理事长杰·维德教授决心留下，与他所热爱的世界共存亡。更多的人，放荡自流，意图在最后的时间里享受最美妙的人生。

倒数第 80 天时，除了 MC 大中华区还在被统一管辖外，其余地方都被大大小小的“退潮组织”占领了。大多数人加入了他们，对抗 MC 的留守政府。

倒数第 50 天时，这些“退潮组织”宣布组成新的全人类政府，并试图覆灭 MC 大中华管理局的统治，破坏“第一爬梯”；但他们始终不可能与 MC 所对抗，尽管大部分人口与土地都属于他们……

倒数第 20 天时，轰轰烈烈的“退潮运动”接近了尾声，人们意识到，存活是不可能的事，他们所做的一切只是徒劳，便渐渐散去了。同时，MC 发出了“船票”，世界只有上千分之一的人类收到了这张通往宇宙的资格证明，许多人痛哭流涕，等待登上空间站的那一天。

在这些日子里，我整天都昏昏沉沉了，不思世事，反正我这个理事长的名号早成了虚名，我只等着那一天的到来。箱子里有一套新的制服，看着还是老样子；不过还有一套太空活动服以及我的等级衔——一颗星，代表着最高职位。我把必需品收拾在一个小到不能再小的包里，把制服挂在门口的衣架上，等待着黑夜的逝去、白昼的降临……

（五）

一阵昏睡过后，我抬起头，勉强睁开惺忪的睡眼，看向屋外，水泥墙上俨然写着“6”的字样。我迟疑了一会儿，马上弹起身来，惊讶地看了看自己，又看了看屋外，发现那数字还是一个“9”，我只是看反了。虚惊一场过后，我马上出门，乘上开往“第一爬梯”的车子。路上的车不多，在这个时间段，没有多少人有这个闲情逸致开车出游。又到了水泥柱下——我发誓不会再来这儿一次的，但我还是来了。我穿好全新的舰长服，准备升上空间站。

局长在等我们了，10 个人，不多不少，随同他一起来到了最顶端的房间——也是我和局长初次见面的地方。

“这不是你的办公室吗？为什么带我们来这个地方？”我问他。

“你应该再好好看看，10 年前你来这儿的时候，你就应该意识到了。”他平静地说道，而他也不会到空间站去，伟大的 MC

大中华管理局局长，08600011。

“好了，上去吧。”他指着那个发着蓝光的光柱——一直通到宇宙，这便是第一爬梯了。我虽然不知道它的原理，但我第一个上去了。一瞬间，我被加速到化学火箭才能达到的速度，飞速上升。我可以看到整个地球了，这被钢铁覆盖着的球体，黑黝黝的。我仰头看去，空间站正立在上方。那飘浮在宇宙的圆柱体越来越大，大到一种我不敢想象的地步，给人无穷的压迫感。我缓缓飘进空间站，这里面也是洁白一片，除了失重的感觉以外，与地面没什么两样。

其他 9 个人也很快就上来了；但是，唯独没有他——08644414。

“他去哪儿了？为什么没有他！他不是和我被一起被选上当舰长的吗？”我通过空间站中正进行的两地视频会面问局长。

“他指的是谁？”他的语气中稍有些疑惑。

“当然是我的秘书，08644414。”

“他吗？他和你们不是一类人，所以他被剔除了。”

“什么时候？”我带着些迷茫地说。

“昨天。”局长还是那般沉着，似乎什么都没发生过一样。

我无心再问下去，反正他也没有那么重要。我不再追究问底了，现在已经不需要了。

整个空间站犹如一条巨大的白色项链，绕了地球整整一圈；但其实大多数地方只是连接舱——和 100 年前的空间站没什么区别，只是建造得更粗了些。在视频会面结束后，我们开启了正式的“第零阶梯时代”。AI 负责空间站的运行，我们在 AI 的带领下，熟识了空间站的基本结构，并在空间站的主体部分召开了第一次全体会议。

“这和原来的空间站有什么区别？”一个不耐烦的舰长问道，他没等谁说出会议开始这几个字眼，就先开口了，我们自然也不管这么多了。

“是啊，这么原始的空间站，我看还没地球上的车技术先进！”又一个舰长用尖酸的语气说道，也算是附和了上个舰长的抱怨。

“我看大家还是回到自己的舱室去吧，做些准备，还有9天，人们就会上来了。”我冷冰冰地讲道，想停止这次会议——根本就没有什么价值。他们几个也自认无趣，在AI的带领下回到了自己的舱室。

不过说起来，我们的舱室有些怪异；10个显眼的舱室排列在向外的一侧并突出，倒像是挂在空间站上的导弹一样。我没带半点迟疑，走了进去。

“你好，我是你的AI，我叫层子。”一个熟悉的女声在我开门的一瞬间忽然传出来。我厌倦了这种声音，无非是因为它喋喋不休的说辞。

“你好，我是08615539。”我机械地回答道，似乎与层子的声调没什么两样。

“你的新箱子，我已经帮你准备好了，08615539。”层子又说道，看不出一点热情。

我发现一个崭新的箱子放在我的桌子上，我过去打开，无非是厚厚的一沓文件——他们还热衷于用纸质文件，我一直都不明白这是为什么。只是在不起眼的角落里有一封信，上面没有邮戳，没有地址，只有一行手写的花体英文，大概意思是给我的。我打开信封，拿出信纸，看来已经很陈旧了，纸边微微发皱。

信上的署名让我吃惊——安·维德。这就是初代总理事长，那个悲惨死去的海洋学家。我带着敬畏，读着这一封信……

（六）

“给95年后的你们。——安·维德。

“人类已经进入了命运的倒计时，只有你们才能拯救人类这个物种。现在外面很乱，我也不知道自己什么时候会死去，所以我现在给你们写这一封信，告诉你们一些事情——我乐意告诉你们的事情。

“我不知道你们被冠以什么名称，我还是叫你们将军吧。你们的职责，估计你们已经知道了，所谓‘带领人类开启新的时代’之类的说辞，这是我们惯用的话语……其实，空间站早就建好了，在我们建造第4阶梯的时候，这个项目就已经完工了，所以它可能看上去有些落后。不过这无关紧要，因为它永远也不可能起作用了。我相信人类科技在你们的时代又发生了一次技术爆炸，那么空间站的落后也会被掩盖了；你们现在所处的位置，我称为坟墓，因为你们将在这里度过余下的一生。你们可能看到这里就有疑问了，我其实隐瞒了一个真相。

“由于时间的紧迫性，我设置了一台时钟，放在了C区的管理局局长那里，当闹钟响了的时候，你们也该来到这里了。这并不是普通的时钟，它掌管着全球的海洋数据信息，当海平面上升趋势到达一定地步的时候，它就会响铃。至于是什么地步……大概是等你们到这里的10小时后，第一阶梯就被淹没的地步。

“不过，大部分人类并不知道这件事，MC会刻意隐瞒他们的。

所以，现在这里有 10 个人，9 天后这里还是只有 10 个人，其他人都上不来了……”

看到这里，我的手发起抖来。这是阴谋！灭绝人类的阴谋……我们，我们怎么办呢？我焦急地往下读着，想找到一点安慰。

“所以，为了防止你们感情用事，我在 10 个人中只安排了一名人类——真正的、有血有肉的人类，其他人都是与 AI 结合的仿生人……”

我把信纸猛摔到地上，这里，难道只有我是人！

“只有我是人？”我把这句话讲出来，默默重复着……我不会再去看那封信了。

孤寂感扑面而来，像被孤单地抛弃在了宇宙，只有一个人——但这是真实的。我想起地球上的人们，急忙跑去空间站靠着地球的那一侧；但太晚了，湛蓝的海水涌上了钢铁铸造的平面，人们就像蝼蚁一样，被淹没。

“请所有人回到舱室。”层子发话了。我慢悠悠地走回房间，不大敢相信，我是唯一的人类了。回到舱室，我没察觉到门被锁紧了。

“执行发射程序。”层子又说道。

“发射？发射什么东西！”我诧异地问道。

“倒计时，3，2，1，发射。”我的舱室——我的坟墓，就这样被抛向了太空中……

终点在哪呢？我看向旁边，其他的舰长舱室也被陆续发射了，我们要去哪呢？

“半人马座 β 星，你的终点，行程约为两年。”层子似乎感知到我的疑虑。

“知道了。”我竟然回答了它，一个没有感情的人工智能……

多年后，在半人马座 β 星环绕的我，翻开那个箱子，才知道，我的秘书，08644414，才是唯一的人类……

（深圳市红岭中学高中高一年级　冯申雷）

新纪元

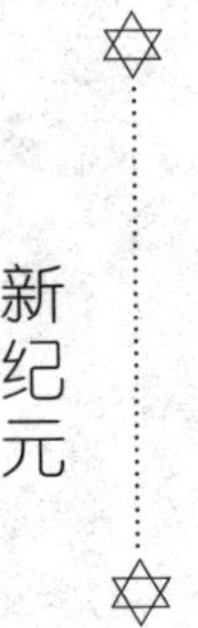

幸存者

“谢博士！谢博士！”

迷迷糊糊之间，我感觉到一个人在呼唤着我的名字。有人摇晃着我的身体，我能感觉到我的身体早已到了散架的边缘。

“哦，该死。”我微微张着嘴唇呓语。

“谢博士有动静了，医疗班还没到吗？这帮医生还没断奶吗？”粗犷的男音震颤着每个人的耳朵，当然也包括脆弱的我，我已经感受到耳膜的哀鸣，霎时便又昏了过去。

（一）苏 醒

在一片黑暗中，我想起了一切。现在是 2049 年，因为地球人口数量暴增，对自然资源的掠夺日渐趋于严重，各国之间因抢夺能源而发生的大小摩擦也屡见不鲜。终于有一天，第三次世界大战爆发了，这进一步导致了地球环境恶化，最后仅剩的人类在新联合政府的带领下移民到了 K2-288Bb 星球，为人类的延续带来了新的希望。为了加快孩子们学习知识，尽快适应地外生活，人类的大脑都被植入了生物晶体，而我则是一名专注于地外生物研究的博士。

回想到这时，我的意识慢慢清醒起来。当我半睁开双眼，发现周围有十几双眼睛盯着我，顿时我就像是打了肾上腺素一样清醒了。发现周围都是熟悉的老面孔时，我刚提起的那口气便泄了下来。

我支起自己的身体，拍了拍自己的胸口："幸亏不是再被外星人抓住当小白鼠。"

"确实值得庆幸。不过，博士，您能告诉我们到底发生了什么吗？"

"哦，我真的不是很想回忆这件事，你们确定要听吗？"

（二）实 验

我告诉他们，那天，我带着科考队员乘坐飞船在 K2-288Bb 星外进行着科学实验。突然，我们的飞船先是失去联络功能，紧接着，不到 5 分钟的时间内，竟然失去了电源供给。正在大家一片忙乱，想恢复供电时，飞船的窗外闪过一道白光。更令人惊惧的是，白光出现后，舱门竟然自动打开，一群发着光的机械虫飞进船舱。它们所到之处，所有的生命都陷入昏迷。那群机械虫很快向我袭来，接着，我看到了一张极其诡异的绿色的脸，随后，就失去了意识。

再次醒来时，我发现自己周围全是类人型绿色生物，他们长着长长的触角，急切地向我说着什么，那是一种我从未听过的外星语言。他们似乎在拿我做什么实验，但我隐约感觉他们似乎没有恶意。再之后醒来便是现在。奇怪的是，实验的内容在我记忆中是一片空白。这些类人生物到底要告诉我什么？又对我做了什么？没有人知道。

我的助手告诉我，他们发现我的飞船信号失联时，便请求新联合政府派出搜查队进行救援，结果在 K2-288Bb 星基地某边界发现了我，其他船员也在基地各边界处被发现了。

（三）感 染

正在我绞尽脑汁回忆类人型生物对我进行何种实验时，一名警卫闯了进来。

“报告长官，火星基地的部分居民出现被控制的状态，双目翻白，走路重复着某种规律，并且这种情况还在不断蔓延。”

我顿时感觉事情不对劲，隐隐意识到外星人对我们做的实验可能和这个有关。

“跟我来。”我叫起警卫，并立刻起身到其他病房查看情况。情况很不妙，其他船员都出现了类似被控制的症状。惊惧之下，我立马呼叫警卫局，准备让他们通过无线电和广播告知居民立刻回家，防止病毒进一步扩散，但一切呼叫都没有传来任何答复。

“警卫局可能已经沦陷了。”意识到这一点，焦虑感如同滚烫的热油一般，不断冲击着我的内心。

“警卫！警卫！”我着急地呼喊着刚才跟随我的那位警卫，准备进行下一步指挥；然而，没有听到任何答复，房间里只有我的声音，静得可怕。

“警卫？”“卫”字刚一出口，巨大的不祥感从我的心口升起，瞬间，我的汗毛仿佛都立起来。我充满警惕地缓缓转过头——一张脸出现在我的面前。我顿时吓得坐在地上。那个警卫双目翻白，直勾勾地站在我面前——他已经被感染了；幸运的是，还没有开始对人类进行攻击。

（四）研究院

“太倒霉了，这件事解决之后，我一定要去教堂找上帝忏悔。”我强行将自己原本准备的嘟嘟囔囔一下子咽回肚子，然后起身，走出医院。院外，一层厚似一层的浓雾，将整个大地包裹了起来。空气中，到处是一种黏糊糊的感觉。朦朦胧胧的雾气里，出现许许多多黑色的人影，他们肢体僵化，活似人肉做成的机器人。我感觉脊背有些发凉，宛如到了世界末日，眼前、空气中传来的都是绝望。

这种雾，在地球生活时，我似乎在一部纪录片里见过；但现在，为什么在 K2-288Bb 星也会有这样的雾？很快，我意识到，或许整个基地只有我一个“活人”了。既然我不被感染，身上一定有解决此次危机的钥匙，也许我身上含有某种对抗这种病毒的抗体也说不定。

我在街道上隐蔽地前行，缓缓避开那些黑色的身影，只身前往图书研究室。在那里，有我的个人研究中心，我需要找到我身上的秘密。

到了研究室，我发现研究室内的雾气比外界更加浓郁。或许我不应该再把这个称作为“雾”，这是一种从未见过的气体或者是颗粒？我甩一甩脑袋，将这件事抛之脑后。我不敢再去想，我害怕自己的神经彻底崩溃。我已经感觉自己的双腿在止不住地颤抖。

（五）解 药

突然间，前方走廊传来急促的跑步声，我看见一个黑影快速向我跑来，距离太近，我没来得及躲闪，被直接撞倒在地。那人也同时倒地了。我起身，想上前查看那人情况，却发现那人早已不见了踪影，地上只留有一个传输器，大概是他遗落的。我捡起了传输器。

就在这时，“嘀嘀嘀”的尖锐声音似乎要穿透我的耳膜。我腰间的通信器突然间响了起来，接通后，一个熟悉到令人心安的声音传来：“儿子，你还好吗？”这有些担忧的女声让我身上瞬时又充满了力量。

“妈妈，我现在没事，你呢？切记要避开白色雾气。”是我的母亲，安歆，她也是一位科学家。

“嗯，我当时发现很多人情况不对，并且看见有白色气体在缓缓吞噬城市，我就立刻躲到家里的一间密闭实验室了，白雾根本进不来。你现在待的地方安全吗？真希望……”

“我现在待的地方很安全，不用担心我，你要保护好自己。”我挂断了语音，并紧紧握了握手里的传输器，进入了研究室。

出于好奇，我先打开了手里这个诡异的传输器。当我看到资料时，我惊讶地发现，里面竟然记载着我的血清——就是此次危机的解药。

（六）轮 回

为了确定这份资料的真实性，我立刻开始进行验证。资料中写着，我的血清含有来自外星生物注入的某种化合物，虽然无法消灭白雾，却可以让白雾失去活性，进而消失。人类也会就此恢复正常。

经过我一一验证，可以肯定，这份资料是真实的，联想到我被外星人抓走、他们对我进行的实验，我明白了这个外星文明一定是想依靠我和我的血清来帮助人类解决掉恐怖的白雾病毒。得知这一点以后，我立刻联系母亲，将资料传输给她，让她去医院拿回我的血清，制造解药，并用无人机喷洒，对全城进行消雾。

做完这一切后，我长出一口气，继续解密传输器内的资料。一页页地翻下去，终于，在资料的最后署名处，一个名字赫然出现——谢墨。

“天，怎么可能？这份资料是我自己签署的？”

但极其诡异的是，那拖着长长尾巴的字体，显示的确是我的亲笔签名。我的大脑顿时死机——身在危机中的我，竟然捡到了我自己签署的解毒资料。时空交错？我揉揉眼睛，以为看花眼了。但一切如旧。这时，我才发现，身边的东西都在浓雾里慢慢消失，研究室也不安全了。

我带上那个诡异的传输器，不顾一切地向前逃。突然间，我发现雾里有人，却无法避开，眼睁睁地撞了上去。因为反作用力，我被撞倒在地，手中的传输器也掉到了地面。我起身，想捡起传输器，却发现传输器消失了。眼前只有无尽的浓雾。

（七）种 子

一年后，K2-288Bb 星球上空已经恢复正常。伴随着人类正常生活的开始，一系列的解密行动也快速推进。一个个谜底像剥笋一样揭开。

通过科学家们全力调查，终于探查到白雾来袭的真相。这种白雾含有一种来自外太空的神秘病毒，具有高度的凝聚性，即使狂风暴雨也很难降低白雾在空气里的浓度。白雾病毒能够在宇宙真空中裂变并自我增殖，它的扩散极具侵略性，能让所有早期感染体的大脑接近脑死亡，所到之处，生灵涂炭，文明毁灭。

谢曌博士遇到的类人型绿色生物来自一个被白雾病毒侵略的“卡恩木”星球的幸存者，在探知“白雾”即将进攻 K2-288Bb 星球后，他们提前给谢曌博士注射了免疫血清，为人类解决这场灭族危机埋下了“种子”。

谢曌博士的血清是如何运作从而让白雾失去活性的？他又去了哪里？那个和谢曌博士相撞的人是谁？来自哪里？

幸存的科学家们迫切地想要找出其中的奥秘；但无论怎样使用谢曌博士的解药，浓雾都始终紧紧包围着基地——那里，成了生命禁区。他们用生命检测仪侦测谢曌博士消失的图书研究室，终于发现在某一特殊时刻，图书研究室的磁场会突然发生“暴磁”，监视屏幕上，有两个人影模糊交错而过。经过多次对比后，所有的数据指向一个答案：这两人都是谢曌博士。

人们终于明白，人类危机发生的那一刻。为了解救人类，未来空间的谢曌博士穿越时空，将记载种子秘密的“传输器”留给了现在的谢曌博士，并由此引发了时空错乱，致使谢曌博士被困在扭曲的时空裂缝中，无限轮回……

（八）代 码

公元 2052 年 9 月 1 日夜晚，一道炫目的紫色光束从夜空向研究室直射下来，旋即，一个类人型绿色生物手持一块发光晶体出现在走廊的一端，并留下一串神秘的代码，而这代码正好和 2353 年某国科学家公布的时空穿梭的关键公式如出一辙。

（深圳市福田区实验教育集团侨香学校五年级　谢孟霏）

“女王路卡”拯救地球

（一）

2149年的一天，我正在办公室里忙碌。

忙累了，我望向窗外。热带雨林中，一个巨大的工厂在我眼前展现，这是我创立的“女王路卡”汽车公司。在过去的20年间，它已经成为了全世界，哦不，全宇宙最有竞争力的汽车公司。我想到这里，一股自豪之情油然而生。

20年前，我从中国来到了马达加斯加，在这块肥沃的土地上创立了自己的汽车公司。最初，我生产的汽车并不畅销，因为马达加斯加经济不繁荣，生产的汽车卖不出去。很多人劝我放弃，但是我没有，因为我手里掌握着世界上最先进的芯片技术。

马达加斯加什么动物最多？狐猴！我将电脑编号程序的芯片植入了狐猴的体内，狐猴们就从上蹿下跳的调皮鬼变成了严格执行指令的操作工。而人类剩下的工作，就是不断研发新型汽车。

让我获得巨大成功的，是不断推陈出新的研发。随着人类科技的发展，很多动物已经成了人类的朋友，甚至亲人，能和动物一起乘坐的汽车随之走俏。“女王路卡”汽车公司推出了创意十足的众多车型，来满足世界各地的顾客——我们有一款车顶可以升降的吉普车，最高可以升至 6 米，车主可以开车带着心爱的长颈鹿一起去郊游探险；我们有一款车身宽 3 米、车高达到 5 米的重型 MPV，车主可以载着自己 5 吨重的宠物大象去海边度假；我们还有一款车身长达 8 米、车内配有泳池的加长轿车，车主可以带着自己身长 5 米的大湾鳄一起泡澡旅行……

当然，准确地说，现在的汽车已经不仅仅是汽车了，而是可以在陆地上行驶、空中飞翔、水中漂浮的交通工具。

（二）

我正望着窗外出神，忽然，电脑传来一阵“滴滴滴”的提示音，原来是收到了新的邮件。

打开邮件，我呆住了，上面的文字仿佛天书，我一个都不认识！我赶紧按下了召唤铃，叫我的秘书来为我翻译。我的秘书通晓宇宙语，他一看就说：这是一封来自银星的电子邮件。

银星是银河系之外的一颗恒星，100 多年来，它和地球的关系日益密切。地球人也都知道了，在那个遥远的星球住着外星人，他们不呼吸氧气，不吃饭，也能活得好好的。

但是最近，银星人遇上了一件麻烦事，就是在他们星球的大气层里，GE 气越来越多，这直接导致了银星的气候越来越差，一会儿高温，一会儿冰雹。银星人也不知道该拿 GE 气怎么办，就像地球人拿大气层里的臭氧没办法一样。

银星人这次发来邮件，是因为在电子版《宇宙日报》上看到了我们“女王路卡”牌汽车的最新广告，他们也很想定制一批特种车辆。他们要求对汽车进行一些特殊处理，比如：改进方向盘来适应银星人拥有6只手的特点；将车身变小，因为银星人只有0.5米高；车窗玻璃必须足够坚硬，因为银星上时不时就会下“沙砾雨”……我决定赶紧召集技术部门开会。

（三）

正在开会时，秘书急匆匆地冲进了会议室，焦急地喊道：“出大事了！能量塔出现了泄露，地球的能源正在迅速耗尽！”

能量塔是100年前人类为了应对能源危机而建造的。在石油等能源已经快要消耗殆尽的时候，科学家们终于发明了一种利用沙子制造能源的方法。他们在撒哈拉沙漠里建造了一个巨大的能量塔，用来制造和储存新的能源。如今能量塔泄露，这意味着地球很快就要失去能源。全世界告急！

怎么办？怎么办？

一个念头出现在我的脑海里——科学家发现，困扰银星人的GE气，在他们星球是场灾难，但在地球上和二氧化碳进行化学反应，就变为可以燃烧的气体！如果……我赶紧让秘书给银星人发了一封加急的电子邮件，告诉他们，给他们生产汽车的订单“女王路卡”汽车公司接了，但我们不要宇宙币，我们要GE气！

（四）

银星人的回信很快就到了，他们对这个买卖实在太满意了！

银星派出的特快运输飞船只用了不到一周，就把大量的 GE 气送到了地球。地球的能源危机解决了，银星 GE 气过量的问题也在慢慢缓解。

最新一期的《宇宙日报》用头版头条对“女王路卡”汽车公司进行了报道，大标题就是《“女王路卡”拯救地球》，“女王路卡”成为了宇宙的传奇！银星人的统帅通过宇宙通信网络，向地球人发了一段感谢的视频。视频里，他激动得泪流满面，说要给“女王路卡”汽车公司颁发一个巨大的“银星英雄”奖章。

听了他的话，我开心地笑了——对你没用的东西，可能对我来说是宝贝呢。看来，朋友间可以通过分享、互助获得双倍的幸福，这个道理在全宇宙都一样适用！

(深圳市福田区园岭小学三（4）班　彭胤瑄)

宇宙密码

（零）

早在远古时期，地球上便有了文明。文明的创建者是龙族，它们生活在丛林中、平原上，整个地球都是它们的栖息地。它们将地球称为“恐龙帝国”，齐心协力共守家园。在和谐的环境下，恐龙帝国日益强盛起来。

可没过多长时间，地球遭到了外星文明的侵扰，龙族拼死抵抗，才打退了外星文明，帝国也将近全军覆没。地球已不再适合龙族生存，经过重重讨论后，龙族决定离开地球找寻新的家园。1亿年过去了，这颗蔚蓝的星球又蕴育出了新的文明，人类成为了地球的主人。

（一）

新纪元791年，人类文明登上了科技发展的巅峰。地球也成为了一颗科技高度发达的S级星球。太阳系七大行星都被人类占领，人类文明还在持续发展……

然而，一切美好都被一条匿名信息打破了。

国际科学研究所这天意外接收到了一则量子信息，投影屏上是一串外星字符。翻译官竭尽所能查找资料，经过一夜不停的查阅推理，才合成一句支离破碎的话：

“破解密码……否则……地球文明将被……毁灭。”

研究所内寂然无声，没有人觉得这是外星文明的玩笑。能利用量子信息技术的文明，至少也是与地球文明同级的S级文明。再者对方能够轻易将地球定位，必然是拥有着极先进的科学技术。这不可能是玩笑，若解不出密码，人类文明真的可能灭绝。

“So what's the password ?”（所以密码是什么？）A国科学家约翰率先冷静下来，问道。

翻译官指了指外星符文下侧，一张独立的点阵图上密密麻麻，内容杂乱无章。研究所内依然寂静，可是所有人的心都已凉了半截。

人类，面临着有史以来最大的难题。

尽管已经采取了严格的保密措施，但纸终究是包不住火的。“密码”事件不胫而走。人们由最初的不相信逐渐转化为对未知的恐惧，很多人觉得，或许地球真的会“毁灭”……

（二）

一阵急促的敲门声响起，程天佑拉开家门，映入眼帘的是两名持枪特警站在门口。程天佑疑惑地问：“两位，有何贵干？”其中一名特警出示了他的证件，对程天佑厉声但恭敬地说：“程博士，如今人类有难，大家需要您的帮助，希望您能跟我们去一趟研究所。”

程天佑心中已猜出了大半原委，但不敢确定。他本想再向特警询问两句，但看到对方不容置疑的眼神后，程天佑也不再多言，坐上了开往研究所的专车。说是“车”，其实并不准确，这些交通工具都已脱离陆地，悬浮在空中，可以在空中行驶，速度很快。

一路上，他看着车窗外慌乱的人群，似乎每个人心中都已充满了恐惧。街头已经嘈杂，社会开始动乱，平均几分钟便会发生一次争吵。程天佑心中不禁骇然，责任感不知怎么就浮现在他心头。

目的地很快就到了。一下车，程天佑便被领进一条隧道。隧道中漆黑一片，待他重见光明时，已身处研究所内。

“程博士吧？我是所长，我姓李，真是幸会。”迎面走来一位和蔼沉稳的中年人，他戴着一副金丝眼镜，没有一点儿大人物的架子。程天佑急忙上前握手，并问道：“李所长，为何要叫我来而不是其他人？”

李所长笑道：“你是我国这个领域最年轻的博士，无论在国内还是世界上都有很高地位，无疑是最佳人选。”

“可是许多比我年长的科学家经验更为丰富，为什么不选他们？”

“你学过外星语言吧？这将对完成任务提供很大的便利。再者，我查过你的资料，逻辑推理是你的专长，外星密码对你而言破解出来的机率更大。还有什么想问的？”

程天佑握紧了拳，转过身去：“带我去看看密码吧。”

“点阵图？”程天佑自言自语道，“这样的密码无非是将点连成线，形成一个有效的基本模型，它可能是二维的，但我觉得三维密码的可能性更大。”

“那应该从哪方面入手？”李所长问道。

“首先，要看在什么位置、哪一片空间进行密码的破解；其次是要找到激活密码的方式；最后才有可能破译出密码。”程天佑冷静地分析道。

“好，那我们就按照你的想法来，必须马上开始行动，一刻也不能耽误。”李所长看上去很激动，正当他要下达命令时，程天佑忽然问道：

“李所长，您确定这么做吗？目前翻译出来的唯一有效信息便是这个密码，可我们真的能完全信任对方吗？如果这只是个骗局，人类损失将会非常大，再者，没有人知道密码破译后会发生什么样的影响，一切都是未知的，您这么做真的合适吗？”

李所长愣在原地，思索着这一切。

程天佑转过身，看向远方：

“这是一场关乎人类命运的博弈，每个人都是棋盘上的一颗棋子，赌赢了，便是生；一招不慎，人类文明这盘大棋便可能全盘皆输。”

（三）

程天佑主动请战，留在研究所里。可是几天过去了，对外星符文的破译没有任何进展。

程天佑已经盯着眼前的符文好几个小时了，仍无法勘破这文字的玄机，不过他已经把这串符文深深刻在了脑海中。

“程博士，各国已经批准你担任此次计划的负责人，在此期间你可以调动世界上大部分资源。”李所长走进来说。

“各国意见达成一致了吗？”程天佑问。

“是的，从会议结果来看，九成以上的国家同意‘密码行动’，破译密码是人类唯一的希望了，现在起，你就可以开始行动。不过还有个问题，破解密码的场所以及激活方式都还没有头绪，是否……”

“不必了，我相信我的推测，那必定是一张星空图。请给我准备一艘配备至少恒星级激光发射器的飞船，速度要能接近光速，能源要足够，这个要求对人类目前的科学水平来说不过分吧？”

“当然，不过程博士，你这是要……”

“我要亲自上太空。”

“程博士，这四位都是从世界各国挑选出的精英，他们将与你协同作战。”李所长笑着介绍道。

“你们好，我是程天佑，来自B国。”程天佑看着眼前的四个人，三男一女，有一个还是同胞。

“我是江浩，B国陆军军长。”同胞第一个开口，他是一个八尺壮汉，让人一看就感觉他到有着军人的威严。

“简，语言学家，合作愉快。”五人中唯一一位女性走过来说，她有着一头金发，身材高挑，五官精致。

“杰克，物理学家。”“艾伦，数学家。”剩下的两名外国男性则表现得比较冷淡。程天佑看着眼前这两位，杰克嘴中叼着一根烟斗，一副玩世不恭的样子；艾伦则完全不同，他戴着黑边眼镜，镜片厚得像是能压塌他的鼻梁，面容严肃。

“各位，飞船将在一天后起飞，祝你们成功！”李所长挥手离去。

第一次进入太空，程天佑才真正感觉到自己的渺小，他想象中的太空是明亮灿烂的，眼前却是无尽的黑暗。几颗闪亮的星星在黑暗中折射出微弱的光芒，如同墨色长卷中一粒微不足道的白点。

“Dr. 程，我们接下来要做什么？毕竟你是此次计划的负责人啊。”杰克暗含嘲讽地说。

程天佑将目光移回飞船内。他走近桌板，铺开了那张印有外星符文和密码的图纸，说：“我们接下来的首要任务是找到可以激活密码的星域，新型‘东风’太空望远镜会将方圆 100 光年内拍摄到的星域进行整合，并找到与密码点阵图相似率较高的星空图。杰克和艾伦，麻烦你们两人进行进一步排查，找到最相似的那一片星域。简，请继续破解符文，尝试找出新的信息。江浩，你暂时没有任务。大家还有什么问题吗？”

“是。”江浩没有异议，这源自他的军人素养，坚决服从命令。

“我没意见。”简说。

“我有个疑问，”艾伦忽然说，“计划没有问题，可是就算我们找到目标星域，又该如何激活它呢？”

“知道我为什么要求飞船配备激光发射器，还是至少恒星级的吗？”程天佑笑着问道。

“你是想……利用强激光对行星造成反射现象，用激光连成密码？”杰克若有所思地接过话。

“没错，这便是我的计划。”程天佑说。

“这几乎是不可能的！你所做的一切都是在凭直觉，这是物理学不容许的！这密码图或许是其他结构的象征，用激光连成星系密码，这简直是无稽之谈，你这是在浪费人类最后的希望与机会！”杰克气愤地说。

程天佑眼神毫无波澜：“敌人不惜暴露位置，还坚持对我们发送符文与密码。我们只是工具，无论解不解得开密码，我们都有可能被毁灭文明。我们必须放手一搏，我相信我的选择。”

杰克最终还是同意了计划，他与艾伦对星域的筛选一直进行着。五天过去了，他们不可置信地看着眼前的一张星域图，它与密码图差别无二。艾伦将两张图从不同角度比对分析，发现相似度竟为100%。

这绝不可能是巧合，然而更令人震惊的是，这幅星域图的中心是太阳系，中心点正是地球！

（四）

相似率100%，这无疑证明程天佑的推测是对的。它点燃了人类的希望，同时也令人感到奇怪：密码的中心为何会是地球，难道对方是想要人类文明的具体坐标？或是其他什么原因？

飞船中的五个人信心倍增，程天佑望着宇宙，一切似乎都翻开了新的篇章。

“程博士，我要为我的无理道歉。”杰克说，“接下来，我会尽我所能配合这个团队。”

程天佑笑了笑，转身开始制订计划：“破解星域已然确定了，接下来便是对密码的激活，对了，简，你那边的符文翻译进行的怎么样了？”

“没什么进展，不过倒是有一个有趣的发现，还记得已被翻译出来的那句符文吗？”

程天佑点点头，他在心中重复了这句话。

“破解密码……否则……地球文明将被……毁灭。”

“我发现‘毁灭’这两个符文前还有一段符文，只是没有被翻译出来；但是它并不能被翻译成‘我们’，依我推测，这应该是一个文明的名称。”简接着说，“很绕口对吧，简单来说，这段符文的后半段应该译为‘地球文明将被某个文明毁灭’，可是这并不符合逻辑，没有文明会将自己称为某个文明……”

“你的意思是，符文不一定是侵略者发给我们的？”程天佑最先反应过来。

简点了点头。

那会是谁呢？程天佑在心里想着。

密码的破译工作进行得如火如荼，艾伦努力构造一个个三维模型，杰克计算着激光发射的距离与角度，程天佑也会去帮忙，稿纸被写得密密麻麻，丢了一张又一张，足足1个月的时间，艾伦的第一套模型才被构造出来。可是破译方法不止一个，离成功还相当遥远。

一天，江浩忽然找程天佑聊天，说着说着，江浩冷不丁冒出一句话：“跟你们这些高智商人群混在一起，我感觉自己是最没用的了。”

程天佑惊异道：“为什么这么说？”

“什么忙都帮不上，什么活都接不了，空有一身力气，在这儿却是拖你们后腿了。”江浩苦笑着，哪还有昔日军长的威风。

正在这时，警报器突然响了，江浩第一个站起身。程天佑奔向驾驶舱，急忙问驾驶员：“发生什么状况了？”

“是太空垃圾撞坏了飞船的某处，若不及时处理，会导致空气泄漏。”驾驶员道。

“可是普通的太空垃圾怎么可能对飞船造成伤害？这可是全人类最先进的飞船。”艾伦提出了疑问。

江浩看了一眼显示器，断言道：“那是一枚子弹，远古时期常用的热武器，由钨钢合成，再加上太空中这么快的速度，这飞船没有被击穿已是万幸。”

江浩说着，换上了宇航服。程天佑刚要去阻拦，江浩却固执道：“我去处理子弹吧，我有过当宇航员的经历，再说我也帮不上你们什么忙，这点小事还不让我去做？”

江浩只身一人跳出船舱，沿着船壁向受损处靠近。他的手上全是汗，可心中没有一丝胆怯。经过复杂的修补后，飞船被修好，江浩这才缓缓舒了一口气。

待他回到飞船内，程天佑走过来拍拍他的肩，说：“我们是一个团队，没有哪个队员是不重要的，大家各司其职齐心协力，这才是团队的意义。”

三维密码破解难度非常大，每一个地方都需要实地考察，艾伦的第一套模型便是以半真实半推理的方法构建成的，准确度大大降低。又过去了1个月，艾伦已构建出了第三个模型，杰克也丝毫没有闲着，分别为三套模型算出激光的映射起点以及映射角度。这是一个何其疯狂的计划，利用激光反射激活宇宙密码，一切都将是未知数。

“他们好像将我们遗忘了。”简说。而就在这时，程天佑随身携带的通信器忽然有了震动。程天佑立刻感觉到不对劲，摆出安静的手势，霎时，飞船里静得落针可闻。

“太空小队吗……快逃……逃出太阳系……地球已经被占领了……啊！”最后一声撕心裂肺的叫喊回荡在宇宙飞船中，听得人头皮发麻。

“程博士吗？外来文明已经入侵地球了……”通信器那头又传来另外一个声音，程天佑听出来那是李所长在说话。

“他们怎么入侵的？为什么我们没有察觉？”

“他们就像凭空出现一般，人类文明建造的防御系统简直成了摆设，总之你们快逃吧，得给人类文明留下希望……哔……哔……”一句未完，通信器那头再也听不到任何声音了。

程天佑心头一紧，呼吸急促道：“把图纸拿给我，快！”三套模型各有不同，第一套构成了一个不规则三维图型；第二套的地点为星域边缘，构成的模型像文茫星；第三套以地球为起点，构成以地球为中心的螺旋状。

“第三套模型可能性最大。”程天佑下断言。

“可是为什么不是第二套模型？”艾伦问道。

江浩看着手中的无线雷达，忽然说：“距飞船 100 万光年以外，有不明飞行物向我们靠近。”

“它们追上来了。”简说。

程天佑面向所有人说：“现在没有时间实验了，一次定成败，大家信我一回，我会还你们一个奇迹。”

“别说了，我相信你的直觉。”杰克笑着伸出手。

“听从指挥，服从命令。”简笑道，也伸出了手。

“我们是一个团队，这是你让我明白的，纵是知道结局可能会失败，我也依然支持你，团队不就是互相信任嘛。”江浩说着，也将手掌搭了上去。

艾伦无言，只是笑了笑，四只手叠在了一起。

“那我们，出发！”程天佑将手放在最上面。

“准备好了吗？”程天佑问。

“角度正确。”“发射器正常。”“准备工作完毕。”

“3、2、1……”

在飞船被外来文明侵占的前一秒，程天佑按下了发射键。

“啪！”宇宙顿时睁开了它闪耀的眸，光明吞噬了黑暗。

（五）

黎明的光斜映在程天佑的脸上，他缓缓睁开了双眼。

这是在地球上的一所医院中，程天佑努力想支起身子；可是，疲惫在一瞬间击倒了他。

这时，“咚”的一声，门开了，走进来的是昔日共同奋斗的战友。相隔几日，如过三秋，几句寒暄过后，五个人都按捺不住心中的感慨，喜极而泣。

“过去了，一切都过去了。”

三天后，程天佑可以出院了，回想起太空中的事，他还记忆犹新。五个战友各奔天涯，战友情谊却从未断过。

一个月后，程天佑去医院看望李所长。那次入侵之战使无数人丧命，而李所长有幸活了下来。这一个月的时间，李所长已恢复如初，程天佑也不禁赞叹如今医疗技术的发达。二人相见，都给了对方一个热情的拥抱。患难见真情，二人似乎都有说不完的话，也正是在这叙旧中，程天佑了解到了他们进入太空后地球上的状况。

自程天佑五人飞入太空，人类便开始在地球上建立防御系统，反量子武器将地球包裹，给地球披上了一层坚硬的铠甲；可是直到敌人出现，人们才意识到恐惧，反量子武器对敌人来说形同虚设。敌入就像突然从地底钻出来一样，开始肆意屠杀。而就在此时，程天佑激活了宇宙密码，那些入侵者骤然停止了杀伐，怔怔地看着那道亮光，他们像是受到了冷进骨子里的惊愕与恐慌，弃甲而逃，溃不成军。很快，敌人像烟云般消失在地球，仿佛从来没有来过一样。

“说实话，到现在，我依然弄不明白，那些入侵者为什么会突然撤退呢？”李所长疑惑道。

与之同时，程天佑收到了来自艾伦的呼叫：“程博士，现在有时间吗？我还是不明白，为什么在飞船中，你会选择第三套模型？”

程天佑用眼神示意李所长，回答道：“艾伦，不如找个合适的地方坐下谈谈吧。”他们找了一处安静的餐馆，等候与艾伦会面。

“现在可以说了吗？”艾伦走进餐馆，面朝程天佑问道，李所长也是一脸疑惑地看着程天佑。

“哈，其实很简单，那个符文以及密码都是由别的星球文明发送给地球人类的，他们的目的是想保住地球，阻止侵略者入侵。”程天佑道。

“难道说，他们早就知道侵略者是谁？”李所长问。

“是的，而且，他们两个文明之间的关系绝不一般，据我推测，应是死对头，否则也没有理由帮助地球人。”

“那他们为什么不直接来帮助地球人类文明？”李所长接着

问。

“也许是对我们发送符文信息的文明与一个更强大的文明交好，而这密码对那强大的文明而言是一种求救信号。当然，这也只是我的推测。”程天佑说。

“可是第二套模型是一个六角星状图形，可译为‘six pointed star’，从而提取出‘SOS’，这个模型不是更有可能吗？”艾伦问。

程天佑笑着摇头，不再说话。艾伦恍然大悟：“我知道了！六角星虽然有求救信息，却没有一个明确的中心点！螺旋纹的中心点在地球，并向外扩散，这样就方便……”

“没错，入侵者肯定感受到了这让他们心悸的力量，故而选择撤退！”李所长立刻反应过来。

程天佑端起一杯酒，朝天致敬表示感谢；艾伦与李所长也都端起一杯酒。他们知道几万光年以外的神秘文明能看得见；却不知道对方也在为他们致敬，为他们的勇气、智慧，更是致敬他们为了家园的那一个个奋不顾身、夜以继日的身影……

（深圳市福田区实验教育集团侨香学校六年级 章程）

"维珍银河"号

"欢迎您乘坐'维珍银河'亚轨道航班。本次城际火箭代号1103A，从上海飞往里约热内卢。这是维珍银河公司首次进行载人城际飞行，请扣好安全带，我们距离起飞还有5分钟，请听倒计时……"

白滨坐在座位上，闭着眼睛。在70亿地球人中挑出5000万个符合条件的，再在5000万个中抽出100个，现在就坐在这个加压的客舱里，一手捏着呕吐袋，另外一只手抓住了扶手的他，竟然有些不知所措。首次进行载人城际飞行，这一路，好走吗？他看了一眼手腕上的手镯，心里默念道：保佑我吧，妈妈。

地面指挥塔里，李道关闭了空气投影屏，并在工作人员日志写上：一切正常。燃料箱钢钉已补上，各个部位正常。

余大海担忧地拿着显示屏道："李道，根据机器人传输过来的画面，燃料箱的钢钉安装得并不妥善，要不咱们再去看一下吧？"

李道看了一眼余大海，扔下扳手，大吼："看个屁，明天老子就要被炒了，全怪这个破机器人。老余，现在是机器人时代，我们这些工人都没用，那好啊，机器人好吗？让他去弄啊，老子不干了！”

余大海按了个按钮，工作舱的地板上出现了一个洞口：“李道，机器人是机器人，在全体员工被辞退之前，我还是要尽一个员工的责任的。”

余大海说着便要迈步向铁梯走去，李道一个箭步上前，双手一拦，说：“不许去！”余大海不理他，径自走过去。李道双目一瞪，又吼一句：“不许去！”余大海也怒了：“为什么？”李道说：“因为我说不许。”余大海推开他，李道又堵了回去。“行吧，随你。”余大海服软。

“……三、二、一！”白滨猛地睁开了眼睛，只听客舱下的喷气飞机开始滑行。“维珍银河公司的飞船跟普通的不一样，”飞机上的广播又开始响起，“主体分为两个结构，喷气式运载飞机和火箭动力飞船，当飞机上升到 1000 米时，火箭动力飞船点火起飞，也就是说飞机起到了一个空中平台的作用。”

一切都在按部就班地进行。

飞机滑行了超过普通跑道长度 3 倍的距离以后，机头上仰 45 度，飞机加速至每小时 800 千米，但是加压客舱里则完全不会感到气流的波动。白滨听着座舱乘务员的逃生示范：“……进入太空后，若发生危险情况，请先戴上氧气面罩，穿好在座位下的太空服，等待下一步指示。”挺好的，白滨想，放松……放松。他的手机已经关机了，放在口袋里，而另外一只口袋里，则放了一把小手枪，柯尔特的，有 7 发子弹。他在家时就已经上好了油，擦亮，子弹也是自己一颗颗压进弹夹里的。他和其他乘客都头戴耳机，听着机长与塔台的通话和乘务员的广播。

驾驶舱，操纵盘在自己转动，仪表盘闪着光，各个开关自动打开又关上，控制这一切的只是一个芯片，里面存储了 50 年以来所有情况的应对方案，机组指挥中枢里面还有紧急入侵回击系统，如有黑客进行电子攻击，回击系统将直接锁定信号出发点，一发导弹将在 10 秒钟内落在信号源半径 10 米的范围内，如果黑客入侵速度太快，芯片将由快速冻结系统冻结，飞机改由机长进行操控，等待导弹进行反击。此次是“维珍银河”第 36 代亚轨道火箭的首次试航，绝对会有不法分子对其进行攻击，因此机长也随时在一旁等待接手。

机长正与塔台联系着。“1 号，我们已经上升至 3000 米，oh，4000 米，飞机正常无损坏迹象。”“猛鹰，怎么了？”“有 4 发导弹打出去了呢，这飞机也太厉害了吧。”“是的，猛鹰，加油，通话结束。”“明白。”机长摘下耳机，看着窗外，道：“4 发导弹啊，飞这一趟也是真够贵的，噢！”机长张大了嘴巴，肥胖的面颊将眼睛挤得都看不见了，但还是能从眼中看见那扭动的、闪亮的、可怕的火焰……

“火油！”余大海恐惧地瞪大眼睛，手中的电子显示屏“当”的一声摔在地上，不足 1.6 米的身躯在不停地晃动，豆大的汗珠从他变得惨白的脸上滚下，呼吸也在不断加速，手一会儿张开一会儿握紧。

“火油？火油怎么了？”李道吃着二菜一汤的员工餐，一脸“你是神经病”的表情。

“火石石油啊，2 号燃料箱……”余大海哆嗦着，“2 号燃料箱，它、它、它在飞机爬升时被甩掉了！1103A，也要完了！”说罢，一头栽在了地上。“大海、大海！”李道扔下筷子，将水杯里的水泼在余大海脸上，又捏他人中。余大海这才悠悠醒来：“唉，完了！李道，1103A 要完蛋了，1 号燃料箱里的燃料只够飞入亚轨道啊！发动机高速空转会起火的啊！加压客舱一失压，所有人都要死掉了！”他说完这番话，又昏倒了。

客舱里，白滨仍在保持镇定。随着投影眼镜所显示的高度升到 10000 米时，飞机转入平飞。他在真皮座椅上躺下，一本册子从上衣的口袋中滑了下来，“红星八一”字样在红色的封皮上反射着柔和的光。白滨翻开这本熟悉的、破旧的小本子，取出里面新夹着的一张白纸，里面写着：“白滨上尉，经特批，同意带枪进入亚轨道 36 代火箭 1103A。”白滨看着委任书，想起了这次任务的艰难之处。据卧底人员称，1103A 机长疑似窃取防卫芯片，但因无确凿证据，为引蛇出洞、拉出幕后组织，万不能在未获得证据前将机长逮捕。此次试飞，意在诱捕……

白滨的眼神变得尖锐，将册子放回口袋。此时，飞船已经点火，机长已经依靠升降机从飞机进入火箭驾驶舱。火箭的 1 号燃料箱中的燃料将用于飞入亚轨道，2 号燃料箱的燃料则用于巡航亚轨道并切入航道抵达目的地。

飞船已经分离，以 27000 千米每小时的速度冲出大气层进入太空轨道。此时，燃料已经将近用光，机长看着显示屏上的动静：“已将提油泵脱离 1 号燃料箱，已将提油泵放入 2 号燃料箱，准备启动发动机。”他“嘿嘿”一声伸手拔去芯片，听到“Warning！Warning！”的声音。他大吃一惊，心想，难道我去拔芯片竟然也会被发现？他看了一眼显示屏，不禁惊上加惊，上面竟然显示：“2 号燃料箱不存在！”他转入手动驾驶，却发现还是一样的情况。他转身返回升降机，进入逃生舱并启动，飞离了将要毁灭的飞船。

飞船客舱里，大家已经戴上氧气面罩了，白滨则隐隐约约感觉事情不对，难道飞船已经出故障了？机长呢？他站起来，手指贴着枪柄，走近驾驶舱，一发子弹开门，一发子弹打中了高高的驾驶座。

白滨将椅子转过来，空的！

他大叫一声："不妙！"打开离子遥感机，就听见地面的呼叫，"喂！喂！ 1103A、1103A，请回复！为什么放回逃生舱？为什么放回逃生舱？"白滨心里暗暗叫苦，他坐进驾驶位，按下点火按钮，接着将速度调到 27000 千米每小时。提油泵吸入大量氧气后与调整空转所产生的火苗一汇合，立刻将发动机引爆，接着，火势蔓延到了客舱。

白滨手忙脚乱之时，忽然用余光瞥到了一个按钮——"分解"，只见上面画了一艘飞船被截断的图片。作为 A 军区的特种大队中队长，最基本的飞船驾驶他还是会的，分解是指飞船自尾部到船头的这 6 个舱，可以一一分离。他当机立断，按下"分解"发动机和二号客舱的按纽。飞船经过了一个短暂的重心右移，接着船内的稳定仪起到了作用。在决定人类生死关头的时候，实在没有什么好犹豫的，他连续按下两次按纽，心也随之痛了两次。那都是人啊，或许有的还有生命意识，有的在重伤之余还清醒，这么做，也太、太不合适了吧！可不这么做，难道所有人一起死？闪念间，火已经烧到了 4 号舱。又一次狠心按下，只剩下与驾驶舱还连在一起的 5 号舱。啊！火停止蔓延了！

白滨抹了一把头上渗出的汗珠，开始寻找备用发动机按纽。好消息是发现了一个备用发动机。坏消息是，这个备用发动机只有一根仅足够为驾驶舱使用的迷你燃料棒！

5 号舱！ 5 号舱！连 5 号舱也得舍弃掉了！

白滨吸了口气，按向“分离”按纽的手指颤抖了一下，按向了开门键。小小的驾驶舱，被一群惊魂未定的人挤满了，门口还站着两个。白滨欲言又止，却听一个戏谑的声音传来，“哥们儿，敢问您会开这船吗？”一个气度不凡的中年男子迎上白滨疑惑的目光，随即向白滨行了个军礼：“1103A 便衣副机长殷忠！”一股热泪直向上涌，白滨也举起了右手，说：“白滨！”殷忠递上一个备用芯片，说：“不会开不要紧，这，全自动的！”白滨立刻将芯片置入。

飞船经过几次转向，进入了正常运行。舱里的人欢呼起来。

除了白滨，没有人知道，按预定航线完成此次试飞，还需要两个人，和 5 号舱一起“分离”。

白滨掏出了那个破旧的小本子，挤向舱门，对倚在门边的一个年轻女子说：“我还有其他任务要执行，请将这个本子按里面的地址邮寄。”此时，殷忠也递上一枚戒指，说：“我也有任务，请记住，我叫殷忠，殷切的殷，忠诚的忠！”旋即，他站在了白滨的身边并与门外另一位女子交换了位置。

殷忠拉下了 5 号舱舱门。白滨微微冲他笑了笑，两双手握在了一起。

尾声

“……2486 年，“维珍银河”36 代机，曾在此处分离，为了火箭业的先驱，致敬！”一位 8 岁的小孩子，白杰，惘然地听着火箭里的广播。

2486年的一切，好像回放在了眼前，“我？……他？”

（深圳市福田区实验教育集团侨香学校六年级　徐若怀）

辐射城

引子

暴雨倾盆的小岛上，一支特种小分队在慢慢前进探索，岛上空无一人。这是威利岛，几十年前，它曾是“毒荆”军的实验基地；可一次T-PE病毒泄露后，岛上的人被感染，全部变异成了“活死人”，也就是丧尸。

对于T-PE病毒来说，它们将疯狂传播，享用一场饕餮盛宴。人类却并不想让它享用，政府向威利岛发射了一颗核弹，并封锁了这一地区，将连同周边区域在内的一大片地方划为无人区，想阻止病毒的传播。事实也正如人们所期望的那样，T-PE病毒并没有向外传播，人类社会一切正常。如今，几十年过去了，政府派出一支小队前往威利岛，想看看情况到底怎样了。

这支小队全副武装，队员们提着步枪在暴雨中行进。一个队员开始发抖，队长连忙拿出取暖设备递给他。

“不要害怕，过了这么久，这儿的活物应该都死绝了。”队长说道，“快走吧，距离东亚南基地还有5分钟。”

“啊！”一声来自队员的喊声惊到了队长。寒风和雨水遮挡了视线，队长惊慌地喊道：“你在哪？怎么了？我无法看见你，请说出你的具体方位！重复一次……”话音未落，一个丧尸就扑向队长，队长连忙开枪，却打偏了。丧尸开始撕咬队长，队长没过多久也变成了丧尸，然后是离队长最近的队员，接着是第二个、第三个……

很快，整个小队都被感染了，空中盘旋着的直升机上的人却并未察觉到。见许久没有回应，直升机降落了。这是一架银色直升机，飞快的螺旋桨甚至扬起了湿尘土。雨更大了，以不可思议的速度砸向了这座小岛。

直升机旁，站着两个人。一个人举起了步话机，用不熟练的法语呼叫小队成员赶来：“C’est-fini。（法语：C小队，请赶快过来，探索已经结束。）”

“吼……”

“什么，什么？请重复？”这个人在雨中喊道。突然，不远处一声爆响，冲出一队“怪东西”。是丧尸！那个人一边开枪，一边对他的同伴喊：“这些是什么鬼东西！快跑！快关上大门！”

他们躲到一间房屋里，大门缓慢地关上了。丧尸们转头盯向直升机，向它扑过去。很快，自动驾驶的直升机就爬满了丧尸，并冲向了最近的一座城市——塞亚。

噩梦开始

塞亚第一医院。

“休息一下，很快就好了。”护士对躺在床上的埃迪说。“嘎吱！”一阵轮胎刹车声，原来是好友艾伦来看他了。

“你好啊！埃迪。”艾伦一边说着，一边把车钥匙交给他，“兜兜风吧，兄弟！”

“不了，谢谢。我在养病。”

“哦……”艾伦有点失望。

“没事，我都快好了，等我好了之后，我们一起去山路兜风。”埃迪说。

“那好，好好休息。过两天我们一起去玩，再见！”

“再见！”

埃迪抬头看电视，一条新闻吸引了他。“五天前，威利岛发现丧尸，探索小队全员变异，T-PE 病毒已经传播开来并不断在人体内发生变异，目前最新的变种被称为 X 病毒……”主持人严肃地说道。

“变异？X 病毒？X……我不会……”埃迪看看自己的手，还好，没大事，只是有点痛。埃迪用另一只手按了一下，没想到疼痛加剧，他尖叫起来。医生跑了进来：“没事，不要按伤口！一会就好了。”

这时，埃迪的另一个好友艾利克斯也来看望他了。埃迪问道：“艾利克斯，X 病毒是怎么回事？”

“我也不清楚，它可能和一种 T-PE 病毒相似，让人处于生和死之间的恐怖状态，变成那个……”艾利克斯指了指正在玩“生化危机”游戏的小子。

突然，灯闪了一下，灭了。“很奇怪，这灯昨天才装上去。”医生嘟哝到。

艾利克斯看了墙上的便携监控：“不是灯的问题，我觉得我们……”话音未落，一只张牙舞爪的丧尸闯了进来。艾利克斯赶紧拔出手枪，朝它开了几枪，丧尸重重倒地。

“快走！有危险！”艾利克斯冲出病房，拉着埃迪和医生本一起奔跑起来。他们一路过关斩将，到达了医院门口。一个半丧尸人躺在地上，到处都是血迹。

“现在，这儿很不安全，快离开！”艾利克斯在保安处发现了一扇铁门，打开后，发现里面全是防弹衣和手枪。“这些简直是量身定制啊。注意安全！”艾利克斯感叹道。

艾利克斯和伙伴们一路奔逃，无意间找到一辆吉普车，于是所有人都上了车，并把车慢慢开上大路。到处都是尸体和燃烧的车辆，看着很可怕。艾利克斯在油门旁发现了一把霰弹枪。他举了起来，发现后面有英文字母，像是用弯刀刻上去的。

“C，L，O，C，K！”艾利克斯兴奋地拼读道，“是我哥哥的车，我要去找他！”

他们一路颠簸，终于来到艾利克斯哥哥的旧宅。

“234-C……”艾利克斯说，“没错，我哥的旧家。走吧，进去看看。”艾利克斯拿出霰弹枪。

“慢着！”本喊了一声，“可能有危险。埃迪！先上 C4。”他们一路收集了几个 C4 炸药。

“砰！啪！”门被 C4 炸药炸开了个大洞。艾利克斯往里面丢了一个闪光弹。房子瞬间变亮了。“进去吧。”艾利克斯说。他们小心翼翼地走了进去。

“啊！”埃迪一进去就被一个人击倒了。本举起了枪。“别！那是我哥哥。”艾利克斯赶紧阻止。

“哥！”艾利克斯说，“你一定认得我！我是艾利克斯！”

“艾利克斯！你还活着！”他的哥哥柯洛克惊喜道，“看到新闻里说X病毒爆发，我不敢出去，就一直待在这房子里。”

“这房子太小了，我们出去吧。”艾利克斯说，“走吧，去高架桥上，那里有很多废弃车辆。我们去找一找可用的物品。”他们出发了。

搜寻物资

“你驾驶证刚考的吧？”本抱怨道，“颠得我要吐了。”

“怎么可能！”埃迪反驳。

“那边是什么？啊！”本跳下车，惊奇大喊，“一定有很多东西！”

“怎么了？”埃迪问。

“是几辆车。有一辆野马，还有福特F320。”本快速地搜寻着，“还有药物和食物，估计比较干净，可以用。”

他们把物品搬上了那辆大F320上。“今天不早了，我们在这里过夜吧。”

“好！”大家赞同。

艾利克斯打开了一包自带的食物：“三文鱼，不错。”他自言自语道。

“是啊，这种时候有鱼都不错了！”柯洛克说，“这个也不错！”他撕开一包鸡肉，把它丢进了嘴里。

“我们明天出发，去南边的C广场，可以再找找有没有物资。”艾利克斯一边吃着三文鱼，一边说。

“这还有水果酒，可以驱寒。”柯洛克说。

“我不喝酒，还有吃的吗？”艾利克斯说。

“你真贪吃，全被你吃完了！”大家一起笑起来，给危机时刻增添了一点欢乐。

第二天，一行人来到C广场。这是一个陈旧的广场，有好几个大型的超市和购物中心，只是现在显得空空荡荡。“去看看吧。”本说。

他们走进了这个广场，艾利克斯打开小探测仪，“是个下沉式广场。”他看着屏幕说。

“下沉式广场很利于伏击战。”柯洛克啃了几口烤鳗鱼。

“所以你想在这里和丧尸打一架？”艾利克斯问。突然，外面传来一声长吼，一队丧尸鱼贯而入。“说曹操，曹操到啊！”艾利克斯着急地说。

“不用担心，”本满不在乎地拿起M416说，“对不起，大家只能提早开工了。”

“埃迪！你左边有三个！”柯洛克喊。

“啊？！”埃迪赶忙拿起武器。

“本！你后面也有！”艾利克斯说，本听到后连忙往身后开了几枪。

“不行，这样下去，根本打不过！他们数量太多了。”柯洛克忧虑地说。

“打不过我们还躲不过吗？”艾利克斯叫道。

“是个好办法。赶紧撤！”本说。

于是，他们逃到了广场的第八个房间。“有吃的吗？”埃迪问。

“我找找。”柯洛克翻包，“现在剩十包烤鳗鱼、七盒三文鱼、一瓶水果酒、三袋甜酒和两盒培根。只能坚持几天了。”

“忽然好想艾伦，不知他怎样了。”艾利克斯说。

“艾伦？”本和柯洛克问。

“是我的另一个朋友。”艾利克斯解释。

“哦，我见过他。他那天还来看过埃迪。”本回忆道。于是，他们出发，去寻找艾伦。

寻找艾伦

“末日的样子真是糟糕。”艾利克斯边说边小心地绕过一个断缺的路口。地上满是干的血迹，半根的电线杆无力地在地上斜躺着。在远处，一架飞机栽在了地上，冒着浓烟。

“我觉得我们该去看看。”本说。

“为什么？”艾利克斯问。

“因为那个。”本指着一个东西，“飞机上有‘毒荆’的标志。”

“毒荆！”艾利克斯咬牙切齿，“那个新闻里提到的邪恶军团，制造病毒，试图征服全世界，这一切都是他们导致的！”他狠狠地扳动手刹，往飞机方向开去。

“走，下车。”艾利克斯说。他们背上枪，一起往冒烟的方向走去。

“把它打开。”艾利克斯说。

“砰！”本慢慢地把飞机大门打开了，眼前是破烂的机舱。

“天哪，这都发生了什么？”艾利克斯说。突然，一个穿着破烂的人奔了过来，艾利克斯打量他。“艾伦？”他叫了起来。

“艾利克斯？”艾伦说。

“是我！”艾利克斯激动地说。

“你到底怎么了？为什么会变这样？”本关切地问。

“别急，我跟你们说，”艾伦说，“几天前，我在驾车时感觉有点饿，就去便利店买了点吃的。结果，我刚走出便利店，就被一个带着面具的人给绑架了。他们是‘毒荆’的人，想让我加入他们。我假装屈服，然后被押上了飞机，趁他们不注意的时候，我想逃脱，结果与他们打起来了，飞机也坠毁了……我比较幸运，卡在座椅下面，幸免于难，其他人都死了。我的车也不见了，身边只有一把小手枪。”

“这把 Groza 榴弹步枪给你，加入我们吧！”艾利克斯说着，给他换上子弹。

“谢谢！”艾伦说。

“你饿吗？”艾利克斯问。

“饿。”艾伦说。

“这盒三文鱼给你，我车上还有药物。我们出去吧。”这时，一个丧尸摇晃着奔向汽车，艾利克斯举起 M24 狙击枪，把它打倒了。他们上了车，启动发动机，往广场方向开去。

回到广场，埃迪见到艾伦很高兴，他们的队伍越来越壮大了。

“毒荆”来了

他们在下沉广场待了几天。一天，本在洗脸时，发现天空有一架河豚式直升机在盘旋。“有救了！”本说。

他们点燃了烽火，发送一个“SOS”信号；但是，那架飞机飞走了。

“怎么回事？”埃迪很疑惑。

“看起来不太对劲。”本说。

“我们去西城区吧。那有很多建筑，也许有装备。”艾利克斯说。他们开上车去西城区。那儿一片荒凉；不过，本一眼就看到了一辆废弃的奔驰轿车。他拿起一个铲子，把机顶盖掀开，里面的陈旧气油味十分难闻。本把整个 V8 发动机拆下来，放到吉普车上。

“都好了吗？”埃迪问。

“好了。”大家说。

“好，我们……”艾利克斯的话还没说完，就被一枚从天而降的炮弹打断了。

“不好，快闪开！”柯洛克大喊。又一枚炮弹冲向那辆吉普车，车被炸毁了。

柯洛克上前一步，发现每枚炮弹的碎片上都有一个“毒荆”的标记。他抬头看去，发现有一架直升机盘旋在上面，于是把枪支瞄准镜激光射线对准螺旋桨，打出一枪。直升机一头栽了下来，落地后爆炸了。

本举起武器，向几个不成样的丧尸射击。埃迪和艾伦走向这架直升机。发现这架直升机是自动驾驶的，他们抬下一挺加特林机枪。几个丧尸发现他们，奔了过来。本用仅有几个子弹的 M416 解决了它们。

“快没子弹了！”本说。

“我的也快没有了。”埃迪说。

“先去躲躲吧！看！这里有政府的安全屋。”埃迪和柯洛克指着一个铁门说。

“走，我们进去。”柯洛克带着大家进去了，关上好几层铁门。

“我们清点一下武器，修整一下。”本说。

发现幸存者

第二天，柯洛克把羊肉放进一锅滚热的水里，准备制作羊肉汤。这时，窗外传来爪子挠墙的声音。柯洛克吃了一惊，准备去外面看看到底是怎么了。

“不好，不要出去！”艾利克斯说，“好像是特殊变异体。”

“也就是疫魔？”埃迪问。

“是！”这时，初级防护屋裂成两半，露出几截断裂的钢筋。

“哦，不……”柯洛克说。

“快躲开！”本大喊。疫魔张口一啃，那辆野马就碎成了一块废铁。它的目光转向了本。

“嗨，伙计，来帮忙！”本说，他艰难地与疫魔周旋着。

“哥哥，掩护我，让我给这个怪物几枪！”艾利克斯对柯洛克说。

“好！”柯洛克回应道，边把霰弹装进了枪膛，向天上开了一枪。疫魔锁定目标，转向柯洛克。

艾利克斯马上启动他的反抗者武器 U-221。“吃点子弹吧，大家伙！”艾利克斯扣下扳机，子弹打中了疫魔的头。它摇了摇头，向艾利克斯扑了过去。

艾利克斯边向它开枪，边灵巧地跳上旁边的一辆大货车。没想到货车上有一个隐藏的丧尸。

“小心！”柯洛克开了一枪，那个丧尸滚下车。

“如果再这样下去，我们会坚持不住的。”本大喊。

“我来！”艾伦拿出 Groza，装上了榴弹炮，一发发炮弹往疫魔头上射去，每一炮都给它致命的打击。终于，疫魔倒下了。

“快走！此地不宜久留。”本说。尸潮慢慢涌过来，他们赶紧跳上一辆越野车，艾利克斯将油门踩到底，加速驶离。一路上，无数的丧尸从车前掠过，被撞得飞起来，又重重落地。

越野车在支离破碎的道路上开着，丧尸一个个奔过来。他们用枪扫射，将丧尸全部打死。

好不容易从尸潮中逃离，一行人都沉默不语。“唉，这个世界完蛋了！”埃迪唉声叹气。

“不会的，我可以去研究药物！”本生气地说。

“别傻了！你的计划没用！这个世界要完蛋了！”埃迪突然失控了。

“各位，看到了吗？”艾利克斯指向一片乱石堆，“这些乱石堆排列得很整齐！”

“走，看看去。”艾利克斯将越野车转向，开到这些乱石前。

“看！ SOS！”柯洛克喊道。

“大家下车！”艾利克斯说。

“看起来像一道门。”艾伦说。随后，他拿起 Groza 扫射这堵乱石墙。很快，墙中间就碎出一个大洞，露出满屋子惊恐的脸。

“不要害怕，我们不是‘毒荆’的人。”艾利克斯放轻声音。

“太好了，你们终于来了。我们也是幸存者。从三个月前病毒爆发，就一直受困躲在这里。”一个男人壮着胆子回答道。

“你们有什么武器吗？”艾利克斯问大家。

“还有几把 AK 步枪、两把 M24 步枪和三个“开罐器”导弹和发射系统，但系统还没有修好。”

“我们来杀出重围！”柯洛克说。

“好，大家齐心协力，杀出重围！”那个幸存者说。

“我们去修好开罐器。所有人，我们一起活下去！”

终章

一发开罐器导弹重重地落在了尸潮中。幸存者们冲了出去，用枪不断发起进攻。这队幸存的勇士冲向了光明的地方。此时，一轮红日冉冉升起……

(深圳市福华小学佳佳作文学社　吴庭辉)

造阳计划

公元2197年，由于宇宙某处超新星爆发，产生出了一种极其神秘的聚能射线，并不断照射着人类赖以生存的恒星——太阳。人类称此射线为MR射线[1]。本来，人类对此仅仅是抱着好奇的态度，例如，这是什么东西？是从哪里诞生出来的？目前为止有过这些东西的记载或者研究报告吗？但6个月后，科学家凭借着一些高科技仪器发现太阳发生了异常的巨变——太阳所剩的寿命呈直线下降，总共降低了大约49.87亿年，且MR射线仿佛控制住了太阳的形状和变化，竟会使太阳不断降温，到最后变成虚无。要知道，正常的恒星在寿命到达极限后会变成红巨星，直径会扩大200倍左右，可太阳在MR射线的照射下违背了这个理论。

经过科学家们的精密计算，照目前情况，100亿年左右便是太阳的寿命极限，超出这个值，太阳就会不复存在。在此之前，太阳已经大约经历了50亿年，现在又因为MR射线，太阳还剩下约0.13亿年的寿命便会“撒手人寰”。

1 神秘射线 Mysterious Ray。

人类，陷入了有史以来最大的危机中。

为此，人类决定团结起来，共同想办法来应对危机，并因此成立了地球联合政府。他们又提出了一个解决此事的方案，并将之命名为——造阳计划。

2198年6月2日，地球联合政府的议员们召开了第一次有关“造阳计划”的会议，决定在2198年6月12日启动计划，太阳距离地球约1.5亿千米，而这个距离使地球成为一个刚好适于人类生存的环境，于是人类便决定在地球后方约1.5亿千米处建造一个新的“人造太阳”。

这个方法从理论上来说是可行的，地球，是太阳系从太阳由内往外数的第三个星球，而地球后方，也就是第四个星球便是火星。火星距离地球最近时为0.55亿千米，最远时可达4亿千米，建造人造太阳只需避开火星的运行轨道便可以，虽然火星也会从一个极其冰冷的星球变成一个炽热的星球，不过这和地球没多大关系，不是吗？

计划得到大家同意后，联合政府便按照预案开始行动，从会议结束后，地球便进入了一个新时代，史称——造阳纪。

造阳纪300年，人类在距地球1.5亿千米处建造了一所空间站，命名为造阳星际空间站，用来建造人造太阳，并对从这里到地球的这段距离做了星际勘测，以保障运输材料的稳定性。然后又在地球建造了10万余艘空间运输梭，还探寻出了人造太阳的最佳材料——火晶石。

科学家们经数次讨论后得出了一个结论：从理论上来说，地球的资源仅够人造太阳消耗几千年便会耗尽，所以科学家们决定先在月球处建造一个能量吸收所，将太阳每天照射到地球后被大气层反射回来的那约 80% 的阳光吸收，储存下来，再通过能量转化器将它转化为人造太阳所需能量。

造阳计划已进行了全球公布，联合政府在军事上进行了调整，增添了防暴警察的数量，并将以前精锐的军事特种力量用来进行运输材料，并颁布了《造阳法》，来维持从搜索到采集、运送、运输到最后使用的一系列过程的井然有序，运输人员也有着若有某因素威胁到火晶石时可以先斩后奏的权力。

造阳纪 450 年——火晶石收集开始！

人类在世界各主要城市建造了火晶石收集总站，一时间，大批的火晶石源源不断地被送往收集总站，收集总站则把这些火晶石运送到火晶石运航区，运航区再派出空间运输梭将火晶石送往指定地点。过程表面上说得轻松，实际上，那些火晶石是用无数烈士的鲜血换来的！

距离地球 1.5 亿千米处，人造太阳的结构已经完成，太阳运行轨道也已建造完毕。一切都已齐备，只等第一批火晶石到齐后，便会开始试燃，到那时，如果人造太阳的建设成功，那么各个地区的温度会是平常的两倍左右，在此之前，政府会在全世界进行人工降雪，以保证各地人民的人身安全。

造阳计划，成功与否，就在于这第一次试验了！

十余万艘运输梭在造阳纪 451 年 7 月 27 日起飞，现场采用了全世界直播，数百亿人类目睹了这个决定地球存亡的时刻，全世界人民也记住了这一天——7 月 27 日。

视频中，运输梭灵活地避开了各种小行星和天体，如此规模之大的运输梭群飞行得井然有序。随着时间的流逝，运输梭群抵达了造阳星际空间站，一艘又一艘的空间运输梭降落，空间站的工作人员迅速上前，将机舱里一车又一车的火晶石小心翼翼地放在特制的容器里面，然后在数名全副武装的护卫下运向了人造太阳能源中心。

随着时间的推移，火晶石放置得已经差不多了。现场最高指挥官呼叫了地面中心：“报告，火晶石即将全部放置成功，请确定人工降雪范围是否覆盖全球，成功试燃后，地表的温度会在短时间内升高。完毕！”

“地球收到，降雪飞机已成功进行了全世界范围内的人工降雪，请放心启动人造太阳。完毕！”

此时，一名空间站人员跑步过来，对着指挥官立定，说道：“报告，火晶石已经全部放置完毕，等待下一步指示。”

指挥官听后，命令道：“将人造太阳启动权限开放给我。随后，舰队马上撤回地球，待我方人员全部进入安全位置后，我会远程启动人造太阳。”

“明白！”

造阳星际空间站上，原本一动不动的空间运输梭在飞行员的操作下起飞。待空间运输梭飞出危险距离后，指挥官启动了人造太阳。随着人造太阳的温度逐渐升高，地球的温度也有了变化，但之前的降雪，直接将地球的温度给“打”回了正常地表温度。

联合政府会议大厅，数位德高望重的将军看着系统显示的各地温度表——仅比平常高出一点，兴奋得如同孩子般跳了起来。为什么？因为……因为成功了！

但是……真的成功了吗？

造阳纪 1008 年。

天然太阳的温度虽然比造阳纪前下降不少，但也极高，而且，科学家们通过一些精密仪器发现了一个恐怖的变化——MR竟然消散了。

原本，MR射线消散肯定是个好事，可如今MR射线减少了太阳大部分寿命，它很快会变成红巨星，那时，太阳的直径会扩大差不多200倍，足以吞噬地球！本来，MR射线可以抑制太阳扩大的；但如今只是将太阳降至崩溃边缘就消散了。也就是说，人造太阳什么的都没用了，之前在搜索、运航和转载过程中死去的烈士都白死了！几乎耗尽人类所有能源建造的能量吸收所和人造太阳都前功尽弃了，世界末日或许即将到来。人类，在这场和宇宙对抗的斗争中，输了！

就在所有人绝望之时，一名六年级小学生说出了一个惊天猜想：太阳渐变成红巨星时，引力会大幅度减少，地球轨道半径也随之扩大。或许，人类还有生存的机会呢！

（深圳市福田区福景外国语学校初一年级　刘品成）

新纪元

（一）

2060 年 10 月 17 日，下午 5 时 20 分。

在某医学院实验室中，坐着几位神情凝重的科研人员。他们都是世界上生物学研究领域的领军者。他们正在打一场战争，一场没有硝烟的战争，一场史无前例的战争——人类与病毒的战争。

“第 26 次 D 疫苗注射实验开始！”李哲，一位满头华发的老教授，宣布了攻克世界上最后一种病毒的实验开始。

“准备注射。”一位坐在实验台前的科研人员说道，然后，他在实验台上操作了一番。本已娴熟的他，今天在操作时格外紧张，手一直发抖，险些出岔子。一众科学家都不由得攥紧了手心，紧张的气氛令空气也变得凝固。

人类与病毒的抗争由来已久。只是从前，人类总是处于被动的地位。进入 21 世纪后，医疗科技水平和卫生设施随着科技的发展不断提高和完善，人类逐渐由被动变为主动。全世界的卫生组织和医科院联合起来，发起了一场声势浩大的“灭毒”行动。

在对病毒发起战争后的这些年，人们采取逐个击破的战术。最初的几年，许多生存能力强的病毒尚有反抗的能力，但在人类呈爆炸式进步的科技面前，很快也溃不成军。之后，随着能找到藏在地球任何一个角落的病毒的扫描机器出现，科学家们又研究出了一种能在病毒间传播的粒子载体，通过观察这个载体，病毒在人类面前无所遁形。

实验结果出来了，大家跑到老教授身边激动地大喊道："李哲博士，我们成功啦！我们将会被载入史册！"

不出几个小时，这一消息便传遍了世界。第二天，人类终于战胜了病毒的新闻席卷各大媒体，整个世界陷入了狂喜。李哲成为了全世界最受敬仰的人，无数的历史学家、社会学家、人物传记作家都热衷于讴歌他和他的伟大胜利。联合国以压倒性的票数通过了一项决议：人类从此采用"新纪元"纪年法，2060 年即为"新纪元"元年。同时，全世界学生都能在教科书中读到这么一段话：

李哲，伟大的生物学家，医学家、迄今为止唯一一位 5 次获得诺贝尔奖的科学家。新纪元的开创者、缔造者，推动人类历史发展的伟大功臣，人类历史的改变者。

历史已经被推向了另一个方向，人类生活在了一个全新的、没有病毒的世界。

（二）

李哲少年时就立志成为一名医学工作者。

他年幼时经历的那场疫情，使国家乃至全人类遭受了巨大挫折和苦难，给他留下了难以磨灭的印象，也让他深刻认识到了病毒的恐怖与危害。自那之后，他努力学习，一心想为成一名医学专家，与病毒斗争到底。刻苦学习和远超常人的毅力，让他如愿考上了最顶级的医学院，并在26岁时就成为了医学界小有名气的专家。

当年“灭毒”行动发起时，李哲毅然报了名，开始了和病毒的真正对抗。这一对抗就是十年。十年间，他成长为全球医学界的权威，但消灭病毒的初心从未改变。

今天，人类终于战胜了最后一种病毒，而李哲为这个目标奋斗了整整50年。

从科研所出来，李哲站在门口，看着蓝天绿地，觉得眼前的景色格外的赏心悦目。十年来，李哲从来没有像今天这么轻松快乐过。

“人类以后就没有后顾之忧了。”李哲在心中如释重负地感叹了一句。

回到住所已是深夜了，李哲拖着疲惫的身躯躺到了床上，一下就睡着了，绷紧了十年的神经第一次舒缓了下来。

李哲这一晚睡得很香，但是，他做了一个奇怪的梦。梦里，他回到了初中时代，读着课本上的一个故事：一片森林里有一群狼和一群鹿，狼群每天都要捕食鹿。为了保护鹿群，人类杀光了所有的狼。最开始，鹿群迅速壮大，但很快，鹿群没了威胁，反而以更快的速度衰落了……

第二天早上，李哲起床后，激动的心情已经平复。冷静下来后，李哲隐隐感觉到一丝若有若无的不安。内心深处，似乎总有什么东西在烦扰着他。

算了，病毒都消灭干净了，我还有啥可操心的。李哲心想，可能是我神经太敏感了吧。放下了之后，李哲便开始前往科研所，处理后续工作。

（三）

新纪元 1 年，即公元 2061 年。

D 疫苗被传输到粒子载体上，开始在最后一种病毒间传播，不出半年，除极少量保存在实验室里的病毒外，所有的病毒都失去了繁殖能力，最后自然死亡。至此，世界上再也没有能威胁人类的病毒了。

新纪元 10 年，即公元 2070 年。

在消灭病毒后，人类又开展了一次剿灭有害菌的行动，凭借着先进的科技，人类很快达到了目的，并把对人类有用的细菌真菌都“圈养”了起来。

没了病菌的威胁，人类社会飞速发展。

新纪元 14 年，即公元 2074 年。

人类社会爆发了一场前所未有的抗议风潮。由于病毒、真菌和细菌都被消灭了，大量的医学工作者下岗，只有少数顶尖的科学家还在名存实亡的生物实验室工作，制药企业全部破产。这些失去工作的人联合起来，对消灭病菌这件事表达强烈不满，甚至有暴徒冲击一些存有活病毒样品的实验室，想释放病毒。所幸实验室安保严密，暴徒冲击没有得逞，否则后果不堪设想。最后，各国答应给予这些人福利保障，这件事才被平息下去。

（四）

李哲疲惫地回到住所。他因为这场抗议风波已经奔波忙碌了半个月，既要代表政府安抚失业的医学从业者，又要帮助失业人员和政府谈条件。在他当了半个月的沟通桥梁后，风波在今天终于平定了下来。

回到住所，不知怎的，李哲心中的不安又出现了，比几年前的第一次感应强烈了许多。这一次，那股不安并没有轻易散去，一直萦绕在李哲的心头，让李哲寝食难安。

他躺在床上，翻来覆去，怎么都睡不着，心中不安的根源仿佛呼之欲出，但当他去细想时，又无迹可寻。

第二天，李哲还被心中的不安烦扰着，显得心事重重："病毒都被消灭了，我还在担心什么呢……"

"老李！老李！你今天怎么啦，魂不守舍的？"李哲的老同事韩通看见李哲这模样，问道。

"昨天，我心中莫名其妙地不安。唉，也不知道怎么回事，感觉总有不好的事情被我们忘了。"李哲眉头紧锁。

"病毒都死光了，还能有啥事？你就是忙习惯了，现在闲下来不适应。现在可是个好时代啊！老李，你忙活了半辈子，现在得学会享受生活，别整天疑神疑鬼的。"

李哲没有反驳韩通，毕竟，他也不知道自己究竟在担心什么。

自那之后，他便把内心的不安深埋了起来，从未对别人说过。

风波过去后的几十年，人类社会发生了翻天覆地的变化。首先，由于免疫系统的"下岗"，所有和人类健康有关的东西都受到了波及。人们的饮食变得毫无规律，暴饮暴食，根本不注意饮食搭配（实际上也不需要注意，身体不适只要一个家用自助医疗器就能解决）。其次，便是越来越少的人坚持运动。刚开始，还有不少人为了健美的身材例如瘦腰或长出腹肌而坚持运动，但随着社会审美观念的改变，除了特殊职业外，在新纪元 20 年左右，就已经没有人健身运动了。再加上最近几年发生的一件大事——可控核聚变的实现与普及，使得人类有能力把高度人工智能化的机器与可控核聚变结合起来，形成了拥有无限能源的全自动工业体系。这意味着，人类只要每天躺在家里，也会有源源不断的供给。

解决了能源问题，各国之间基本没什么矛盾了。人类所有的精力都放在了娱乐和文化上，科学界只有关于太空和养生的科学在缓慢发展，整个人类社会没有了战争、冲突、犯罪，呈现出一派空前和谐、繁荣的气象。

人类变得越来越懒，原本就闲置的免疫系统更是快速弱化。就这样，人类社会又相安无事地发展了几十年。

（五）

新纪元 100 年，8 月 14 日。

地球轨道巡防员曾励正在执行着日常任务。他每天的工作都是一样的，机械般重复着无聊枯燥的工作，观察、检测、报告……他的任务就是每天查看有无会对地球造成威胁的太空垃圾或者小行星。

他百无聊赖地坐在椅子上打着哈欠。这时，屏幕上的变化让曾励打起了精神。C 级警报，这个等级说大不大，但是也不能忽视。他调出了数据，发现一块中型陨石正向地球飞来，虽然不会直接撞上地球，但也有不小的危害。曾励向地球指挥处报告了情况，请求武器权限。没多时，指挥台的准许传到："安全巡防员曾励，编号EDG777，准许使用C级导弹，目标XH2200号陨石。"

太空鱼雷发射了，再过半天，那块陨石便会被炸成无数块对地球无威胁的小碎片。根据计算机的推算，那些碎片的大小根本不会对地球造成威胁，用不着防范。

只是，太空巡防组的工作人员想不到，他们的疏忽大意会造成怎样的后果。陨石碎片掉到地球上后，相关机构很快便找到了一片，象征性研究了一番。本是一次随意的检查，却发现了让人震惊的东西。陨石本身没什么特别的，但是它上面带的东西让沉寂已久的科学界沸腾了起来：

陨石上竟然还带有保持活性的生命！

天晓得这种微生物是怎么在寒冷无氧的太空中活下来的，又是怎么在陨石穿过大气层的超高温中活下来的。经进一步研究，生物学家们发现这种生命与病毒结构类似，但真正让他们震惊的是——它们居然是硅基生命！从某种意义上看，它们已经算外星"人"了。

这是人类历史上首次与外星生命接触。所有科学家都沉浸在兴奋之中，没有人去思考它们的威胁性。他们很快展开了更深一步的研究，但令科学家苦恼的是，他们无论用什么方法，都无法使它们有一丁点的反应。

时间距离陨石碎片降落地球已经过了一个月，研究仍然毫无进展。直到这时，科学家还没有意识到人类所面临的危险。100年安逸的生活，不仅磨钝了人类的免疫系统，也磨钝了他们的危机感。这种外星生命实际上是一种侵略性和生命力都极强的太空病毒。

它们可以在任何恶劣的环境中休眠，遇见适合的环境后，发育一段时间便会开始大量繁殖。

9 月 16 日傍晚，在太平洋沿岸的一座城市里，一名身体一直很健康的年轻男子暴毙。这起案例十分罕见，为此，当地已经荒废的医学院重新运作了起来。医生们在死者体内发现了一种前所未有的生命形态，正是由于它们在死者体内的大量繁殖，才导致了他的死亡。

此事很快引起了科学家们的注意。他们对比发现，死者身上的全新生命形态正是一个月以来研究未果的硅基生命。联想到一个月前多块陨石碎片坠落地球各地的事件，他们很快就得出了一个让人惊恐万分而又不得不接受的结论：天外陨石带来了一种全新的病毒——一种能致人于死地的病毒。

工作人员紧急联系了有关组织，各部门竭尽全力开发这种病毒的疫苗；然而，这是一种全新的生命形态，所有对付以前病毒的方法都无效。人们此时才感觉到了真正的害怕，然而已经太迟了。科学家们虽然把实验室中陨石上的病毒隔离得严严实实。但谁又知道陨石在之前一路上散播了多少病毒？谁又知道地球上还有没有漏下的其他的陨石碎片？几块陨石碎片上的病毒已经繁殖了多少？想到这些，科学家们全身被冷汗打湿。

没过几天，硅基病毒开始飞速地传播。

经过一个月的沉寂，它们开始了自己的侵略扩张，所有的活细胞都成了它们的养料。陨石坠落点附近的几个城市里的所有人都被传染了，然后是更远的城市，直到整个国家，然后又是邻国……人类社会出现了巨大的恐慌，所有人都惊恐万分地缩在家里，能不出门就不出门，试图躲避病毒的传染。但很快，病毒便进化出了通过空气传播的功能。半个月后，全世界的人类无一幸免，全部感染上了硅基病毒。又过了几天，第二个死于病毒的案例产生了，然后是第三个、第四个……

人类终于回想起了新纪元前病毒所带来的恐惧。

其实，这种新型病毒的破坏力并不强，放在100年前，连流感病毒都比不上，人类100年前的免疫系统绝对能够轻易地杀死它。可惜，现在人类的免疫系统已经100年没工作过了，早已严重弱化，在病毒的攻击下如摧枯拉朽般被摧毁。体质差的人半个月就死了，一些天生体质强的人还在苟延残喘。随着时间一天天过去，越来越多的人死去……

终于，一个月后，疫情全面爆发。一个城镇一个城镇的人全部死去，尸体在地球上堆积了一片又一片，很多城市都成了死城。全世界的人口由近200亿骤减至只有几亿，而且还在快速减少……

（六）

距离病毒登陆地球已经过去一段时间了，如今的首都，早已没了往日的喧嚣。摩天大楼依然挺立着，在太阳下闪耀着冰冷的光泽，整座城市宛若一座鬼城，没有一点生气。

一间地下室内，幸存者们目光呆滞地看着屏幕上实时更新的数据，心中早已绝望而麻木。地下室是阻拦不住病毒的，区别只是死亡时间早晚而已。

李哲坐在一个角落。

他已经100多岁了，但身体现在依然很健康。随着医疗保养水平的提高，现在人均寿命已经达到了130岁。

一个月前，他终于知道了自己内心长久以来的不安是什么了。一种抗体对应着一种抗原，人类之前杀死了所有抗原，就意味着免疫系统所有的抗体都失去了意义。没有病毒、细菌、真菌，免疫系统会不断弱化，最后消失。

李哲苍老的心现在充满了深深的悔恨与无奈，罪恶感和愧疚感充斥着他的大脑，他恨自己没有早想到这个问题。

突然，靠近地下室大门的一个人开始昏迷，“咚”的一声倒在了地上。李哲在心中苦笑了一声，意识开始模糊：“看来，不是病毒击垮了我们，而是我们自己击垮了自己……”

（七）

新纪元 100 年 10 月 16 日，世界幸存人口约 3 亿人。

新纪元 100 年 10 月 17 日 00 时 00 分，世界幸存人口约 1 亿人。

新纪元 100 年 10 月 17 日 16 时 30 分，世界幸存人口约 300 万人。

新纪元 100 年 10 月 17 日 16 时 40 分，世界幸存人口约 23 万人。

新纪元 100 年 10 月 17 日 17 时 00 分，世界幸存人口 9263 人。

新纪元 100 年 10 月 17 日 17 时 19 分 30 秒，世界幸存人口 758 人。

新纪元 100 年 10 月 17 日 17 时 19 分 57 秒，世界幸存人口 132 人。

新纪元 100 年 10 月 17 日 17 时 19 分 58 秒，世界幸存人口 26 人。

新纪元 100 年 10 月 17 日 17 时 19 分 59 秒，世界幸存人口 3 人。

新纪元 100 年 10 月 17 日 17 时 20 分，世界幸存人口 0 人。

（深圳市红岭中学高一（23）班　杨熙）

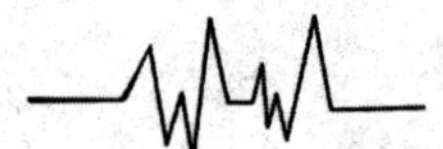

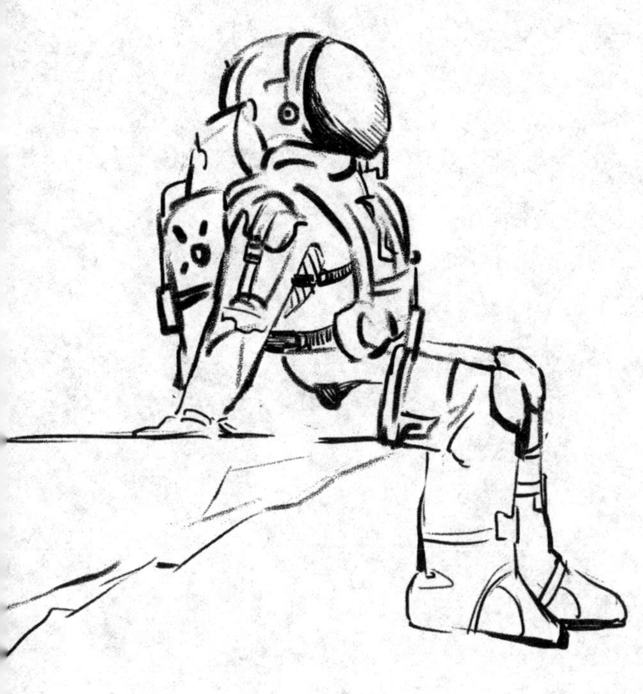

追星人

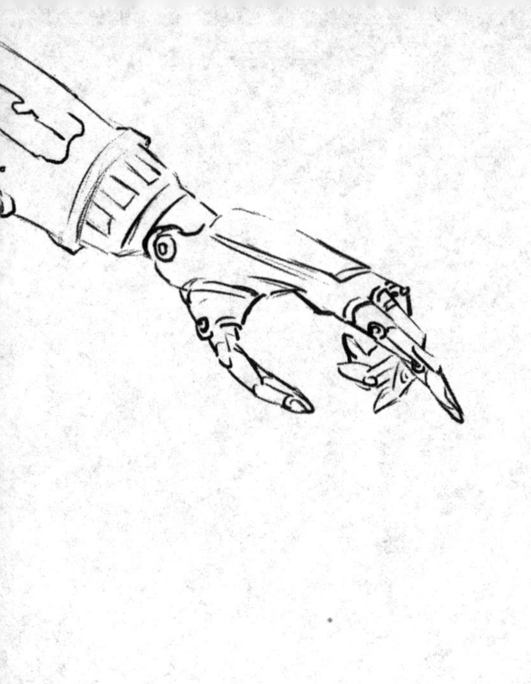

异星战场

（一）

“警报！警报！能源即将告罄！”

“与二号机联系断开！”

“警报！舰身受到袭击！左机翼破损 57%！”

李妮死死地咬着嘴唇，破皮了也不知道，握着操纵杆的手心里全是汗，眼前有些模糊刺痛，原来是戴着目镜的左眼进了水，是汗水还是泪水，她现在没有时间去想了。

此时，她什么也听不到了，耳机里忽远忽近地传来无数个声音，此时仿佛都已经不重要了，她呆呆地想，又失去了一个战友。

“李妮！小心！”

她猛地回过神来，眼前是一颗高速撞来的陨石。身体比大脑更迅速地做出了反应，她一个急转弯，尽管那力道大到她觉得自己整个人都被扭曲了，差点要摔出驾驶舱，但是机尾仍然被撞到了。

“李妮！你个白痴，争气点！”马修的声音已经嘶哑得不成样子，但语气仍旧火爆。

帕姬的声音也响起："我们可不能对不起牺牲的战友啊，队长！"

温妮的声音有点虚弱，像是快要哭出来了："现在怎么办啊？李妮，我不想死。"

尽管他们现在在陨石群里，尽管他们 42 个人现在死伤无数，但是李妮心底还是感到了暖意，她还有三个战友活着呢！她操纵着那已经破损得不成样子的机舰，险之又险地从两块横冲直撞的陨石之间滑过，才对着耳麦轻声说了一句："谢谢，我没事了。我们一定会回到地面上的。"

"报告机舰情况。"李妮感到自己的身体又充满了一种难言的勇气，她咽了口唾沫，干涩的喉咙感觉像是咽了把刀子。大脑奇异地冷静了下来，她疯狂地调动着脑子里的所有细胞思考起来。

"四号机机舰破损 67%，GTR 能源还剩 39%，完毕。"

"七号机机舰破损 68.9%，GTR 能源还剩 24%，完毕。"

"三号机机舰破损 56%，GTR 能源还剩 47%，完毕。"

与此同时，她耳蜗里的植入芯片也在忠实地回复着这架与她并肩作战了许久的机舰情况："……机舰总体破损 64%，GTR 能源仅剩余 53.7%。"

一个大胆而冒险的计划在她的脑中形成，来不及多想，她开始下达指令："各级机舰启用后备隐藏能源，撑开电磁网，关闭其余耗能装置，使用离子空间跳跃，将速度调至最大，直到光速量级的极限为止。

"我们赌一把，看能否跳跃到大约 116° 20' 43"的位置上去，那里有先前人类建造的空间站，虽然比较落后，但我们仍然能到一些有用的补给能源。据传来的电磁反应推测，里面很有可能有类人型机甲，我们可以通过它们尝试和地面取得联系。”

这番话使得三人振奋起来。类人型机甲是人类早期对于机甲的幻想；然而它们在被制造出来并开始使用没多久，人们就迅速地意识到这类机甲的弊端，那就是对驾驶员的要求很高。如果脑电波没有接好，很可能对驾驶员本身造成伤害，且这种机甲在行动、隐藏等方面都十分不便，耗能也是其他机甲的四至五倍。于是，这类机甲渐渐被淘汰掉了。但对他们来说，现在这种机甲就是救命的稻草。

“全员预备！现在倒数，10,9,8……3,2,1！”

队员们都在最后时刻做出了行动，李妮却没有立刻撑开电磁网使用跳跃技术，相反地，她打开了高能爆破系统，准备为战友们殿后。

“李妮！”

离子空间跳跃是最近研发的新技术，尚未进行过测试，这次装备在“地球刀锋军”的军舰上也是随手安置，安装它们的研究人员大概完全没有想到刀锋军会狼狈到不得不冒着极大的未知风险来使用这项新技术。

这项还不成熟的新技术在运用前，冷凝管需要进行一段时间的预热蓄力。这段时间也是使用时最危险的阶段。

李妮放出一发炮弹，击碎了一块向 4 号机冲去的大陨石。她不能把队友们的性命交给那薄薄的一层电磁网。只是一个瞬间，李妮的大脑里闪过了许多事情，她当然知道，她已经将自己推入了最危险的境地。

24 世纪，也就是继“蒸汽时代”“电气时代”“信息时代”

等之后的“机甲时代”。24 世纪初，人类的机甲梦终于实现，自然寿命也有了质的增长，这使得国际形势发生了极大变化。在这样暗潮汹涌的环境下，一部分国家（主要是发达国家）向联合国提出了倡议——“由各国组成一个太空舰队”。这一倡议在联合国几乎是全票通过。

于是，各国精锐毫无争议地被抽调出来，接受集体培训。培训期间，当然免不了各式各样的摩擦，即使是李妮这样的好脾气，也更愿意和自己国家的战友们待在一起。培训的最后，李妮成为最优秀的学员，然后成为了这支队伍的队长。这一度使得李妮十分头疼：这支队伍人心各异，所有士兵都和刺头一样，只要是个正常的军官都不想带。

那天，她的导师听了她的烦恼，笑得很是轻松，说：“你多虑了，在太空那样一个环境中，你们之间绝对不会存在摩擦，我用我的双商保证。”

她当时嗤之以鼻，现在可算是理解了导师的意思，从特殊材料制造的窗户望出去，外边只有无声的、永恒的黑暗，像是蛰伏的怪物，又像是一个巨大的猎场，等待着、窥视着猎物们的造访。她很清楚，出了这块方寸之地，脆弱的碳基生物在宇宙中就只有死的份。自打接受了第一个到 B370689 小行星进行一系列科学实验的任务之后，队伍里的摩擦明显减少了，上了太空后，队伍里的摩擦基本上没有了。

太空，永远没有人们想象得那么美好无害。所有要上太空的新兵们都会接受一段时间的强制性心理训练，还有人们最熟悉的环节——模拟失重训练（这是传统的训练，尽管现在使用的都是人造重力场，只有在降落的时候才会关闭人造重力场）。科学家的实验证明，没有接受过一系列训练的人在太空长时间逗留，很容易死于抑郁，剩下的多半会出现各种各样程度不同的心理问题。就算是李妮，也会时不时恍惚地浮现出消极的念头，何况其他人呢？

“听我的指令！别犹豫！我的能源足够的！”李妮冲着耳麦喊，“说的就是你，马修，别让我的努力白费。我可是队长。”

眼看着他们就要跳跃了，李妮自己也迅速撑起电磁网开始空间跳跃的预热。“What the fuck！”就在她忙于闪避着陨石时，耳麦里传来了一声暴怒的美式英语，那是帕姬的声音。李妮听不太习惯帕姬的美式英语，甚至感觉完全听懂有点困难；但是，帕姬看她皱起眉头的样子一直觉得很好玩，经常以此逗她。

“怎么了？”

“李妮！是——绿洞啊啊啊啊啊啊啊啊啊！”

李妮大惊失色，不过也没有时间让她思考了，因为她在下一秒也被吸进了绿洞里。

拜李妮向来的做笔记习惯，她脑海里下意识地浮现了各种零零碎碎的资料：绿洞是一种天体，自 23 世纪科学家李海森第一次观测到它之后，它的内部和组成就一直是个谜团。它的颜色很美丽，吸引力十分强大，能吸引周围所有的物质，人们至今无法预测它的活动，现有的探测技术到它身边会失灵；更重要的是，它内部的空间和时间仿佛是折叠过的，穿过它的物质也许会瞬间出现在 1 千米外的地方，也许 10 分钟后又回到原地，又或者在 3 年后出现在 1 光年外的地方。

当然，以上这些案例都是比较好的情况。有一大部分科学家做好实验标记的陨石，在通过绿洞后失去联系，至今还没有回到人们的视线中。

迄今为止，这是一个十分神秘的天体。如果人们能够利用好这种天体；那么，探索宇宙的活动就能够以此为突破口，并提高到一个新的高度（众所周知，人的寿命一直是探索宇宙一个十分大的阻碍）。因为它似乎并没有摧毁物体的能力，进去再出来的实验陨石并不会发生改变；而且，绿洞似乎不会出现在地球附近，它在历史上离地球最近的地方——塞德娜（银河系中距离地球最远的天然天体）的周围，然后就迅速地离开了。

到目前为止，科学家们还没有用活物进行实验过，他们几个大概就是第一批人体实验者了。

这真是一种神奇又任性的东西啊。李妮的大脑里只来得及闪过这样一句话，紧接着，她迅速感到自己被打包成高尔夫球那么大，好像被挤成了一包意大利面，那种身上所有的肌肉和器官甚至血液都在扭曲的感觉，让她想吐。

她闭紧眼睛，浑身颤抖，难耐地将指甲刺入手心，紧紧咬着下唇，不让自己发出一丝声音，只觉得仿佛有一团棉花，不对，是一把尖利的刀子堵在喉头，口中渐渐有了一丝血腥味。

眼前的世界很模糊，朦朦胧胧的，一直在旋转。脑中无比混沌，胸腔中传来心脏跳动的、越来越快的声响，跳动一下，就仿佛要爆炸一般，让她喘不过气来，很热。与之相反的，是越来越冰凉的身体，寒气从指尖开始，一点一点地蔓延，钻进骨头深处里，疼痛钻心，冰冷入骨。

她身子抖得和筛糠一样，恍惚中，仿佛有人提着在盐水中浸过的藤鞭，在空中甩得簌簌作响，抽打奴隶一般抽打着她。她感觉自己好像在痛苦中站起来，又坐下，在地上打着滚；但事实上，她连动弹的力气都没有了。

那鞭子不停地抽打着她，她感到自己痛苦地跪下，脸埋在双手中。她想痛哭，但没有感觉到脸上有热泪，她像一根枯枝，挤不出一滴水来。耳边是乱七八糟的声音，像女鬼尖利的指甲刮着黑板，她头昏眼花，眼前白一阵黑一阵。

“我就要死在这里了吗？”

浓烈的悲哀和恐惧漫上心头，如同小小的虫子，一小口一小口将她整个人、整颗心咬得千疮百孔。

人终究是渴望着生的啊！

脑袋一点点变得无比沉重，脖子软绵绵的，和棉花一样没有力气。最后一丝清明也离她远去，她最终还是没承受住。

她晕过去了。

（二）

李妮从黑暗之中醒来，发现自己躺在一张白色的床上，周围是泛着金属光泽的各种仪器，她看见了昏迷的帕姬和温妮，马修不在。四周没有窗户，手脚已经被拷上了，她不抱什么希望，用仅剩的力气挣扎了几下，结果证实是白费力气。四周静得可怕，只有仪器上闪着红光，滴滴地响着。

李妮短暂地慌乱了一会儿，她朝着离自己最近的帕姬轻轻唤了几声。

“帕姬！帕姬！帕姬？快醒醒。”

帕姬睡得死死的，反倒是温妮醒了过来。李妮深吸了口气，对温妮说：“温妮，你还有力气吗？”

温妮没有立刻回答她，而是望着天花板沉默了一下，李妮看见她扭过脑袋朝自己看过来，很明显地睁大了眼，声音有点颤抖地说："李妮，我们现在在哪儿？这么黑？"

无言的难过盖过了恐慌，伴之而来的还有浓厚的愤怒。李妮几乎喘不过气来，顿了很久，没有回答。

温妮那双原本美丽动人、如同在清澈碧蓝的大海中清洗过的钻石一样的眼睛，现在丑陋而难看，眼眶好像被什么黏糊糊的黄白色胶质填充了一样，脓液不断流出来。一个军人，一个意气风发的国家精锐士兵，一个相处了这么久的活生生的有血有肉的小女人，失去了眼睛。

"我不知道，从醒过来开始，这里就是黑的。"李妮听见自己温和的声音这么说，"温妮，我们现在情况可能不太好。"

她很笨拙地想要解释刚才的沉默："你不要多想，温妮，我有点不太好，说话之前要先攒很大的力气……我们先去把帕姬……"

她解释的话并没有说完，温妮压抑的哭声已经传来了。李妮闭上眼睛。

死一般的寂静，只有温妮压抑的、断断续续的哭泣显得那么清晰。昏迷不醒的帕姬，下落不明的马修，双目失明的温妮，什么都做不了的自己，都让李妮的情绪陡然低落。

"我真是有史以来最失败的队长，甚至连一个拥抱都没有办法给温妮。"

不知道过了多久，温妮的哭声逐渐消失了，她虚弱的声音传来，"队长……"

"我在。"李妮沙哑着回答了她。

“对不起，队长……我不是故意的。”

你没必要道歉的，李妮想这么回答她，该道歉的是她才对，正是因为她的无能，才导致全队 42 个人变成现在这样；可她的话还没有说出口，就被温妮打断了。

“李妮，你听我说。”温妮响亮地抽泣了一声，继续往下说道，“你听我说，我现在已经好多了，谢谢你。没有眼睛不代表我活不下去了。

“我们一定会回到地面上的，对吗？李妮，你和我说过的。你、我、还有帕姬、马修，我们，一定都会活着的，一定都会好好地活着回到地面上的。”

李妮看着温妮对着一个错误的方向，对着空气这么一个字一个字地说，看着她身边不知什么时候醒来的帕姬咬着自己的手，不让自己发出任何声音，眼泪无声地落下。

“嗯，我们一定会有人回到地面上去的，我保证。”李妮说道。

“真是感人至深的场景啊。”鼓掌的声音啪啪地响起，“可惜了，亲爱的小女孩，我是乔波。”

忽然滑开的金属墙壁后是一道透明的幕墙。李妮眯起眼睛，看向坐在轮椅上的男人。

（三）

李妮向来有做笔记的习惯，在看到这个男人的第一眼，她本能地在脑子里回放了一遍他的资料。

乔波，反人类的天才、科学疯子，他推动了人类科技的发展，提出了大量的科研成果，却是个任性的嗜杀狂、连环杀手。他所做的案件绝对比警方目前所侦破的多得多。他让人服用自制的精神药剂，用人体做试验，并且在审讯时对罪行毫无悔意，拒绝对受害者家属道歉。最终，人们忍无可忍，对他进行了太空流放。被流放时，他才 30 岁，正是意气风发的年纪。

当然，到这里你大概会有很多疑问，为什么不把他直接杀掉以绝后患？李妮作为一名精英军人，是知道内幕的：在处决前夜，乔波出逃并乘坐自制的还未批量生产的新型飞船离开了地球（关于这一点，人们一直不清楚他的动机，但是他离开地球是被监控拍到的，他甚至对着摄像头笑了笑）。为了不引起群众恐慌，这个消息被封锁了，变成了以上广为流传的版本。

实际上，对于我来说，这就像一场梦。什么都未改变，我的生活依然继续。我为我自己感到骄傲，我只相信我自己，我的梦想——它们会实现。

这是他离开时留下的字条内容。

“他的灵魂完全是扭曲的，可他的大脑是冷静的。”科学界的泰斗汪文峰教授是乔波的导师，在高徒被流放时曾流着泪这么说，“这才是最令人害怕的地方，他没有被我们视为绝对准则的道德命令给束缚，他完全知道什么是对的，什么是错的，该怎么做；但是他……唉。”

当时的一份报纸是这么评价他的：“如果说特蕾莎修女身上体现的是人性本善，那么乔波身上所体现出的就是人性本恶。”

而现在，这个传说中的疯子正在她们面前，带着怜悯的笑容对着这几只一头雾水的“小白鼠”，耐心地讲述着他离开地球之后的故事。大约是很久没有见到人的缘故，他说话时有些没有逻辑，完全是按照自己的心情来讲。李妮的脑子不够用，有时跟不上乔波的思路，实在没办法，只好在他侃侃而谈的时候打断他。神奇的是，这并没有激怒乔波，他反而因此对李妮十分赞赏。这大概是正常人无法理解的天才逻辑，李妮这么想。不过，对几个小时后的她们来说，这已经不是重点了。用一个老梗来说，李妮和她的小伙伴们都惊呆了。李妮对乔波所做的一切不想发表任何评价。

乔波离开地球前服用了大量违规的自制药剂，他的寿命被延长到一个可怕的程度，尽管他的身体也受到了严重的损害，腿部肌肉萎缩导致他只能坐在轮椅里。他在太空中漂泊了许久，进行了许多的科研实验，但他的研究遇到了瓶颈。为了突破这个瓶颈，这个任性的疯子在漫无目的地侦测了很久后，发现在离他不远的地方出现了异常的磁场能量波动。他坚定地认为这是一个突破口，于是兴高采烈地驾驶他的舰艇闯入了战场。

没错，就是战场，这是一处两族外星生物（乔波将他们命名为虫族和兹兽族，虫族是战胜的一方）的战场。乔波赶到时，他们已经打完了。他在战场附近收集材料进行分析，被前来打扫战场的一小队虫族士兵当场抓住。作为俘虏，他被其中一只小兵级别的虫族带回了它们的母星。

虫族士兵把这个不明俘虏当作战利品交给了虫母。虫母大概是弄不清这是个什么生物，将乔波留了下来，在发现乔波的确是个什么用也没有的无害废物后，乔波的状态就变成了放养。

乔波在接下来的时间里不断地与虫族相处、研究、学习。他逐步了解到，虫族的虫母在以前受到了一种如今已经被灭族的外星种族类绝地反击，她的生殖系统遭到了彻底破坏，因此，虫族目前的情况其实十分糟糕，因为他们族群的繁衍方式类似于蜜蜂。

对于将绝望和愤怒发泄在扩张抢掠的虫族来讲，繁衍成为了他们的唯一目的。乔波能被无视着活下来，和这一因素绝对是有关系的。

乔波借此对虫族们提出了交换条件。虽然他对有关内容不愿多谈，不过，李妮猜想，肯定与帮助虫族繁衍有关，而条件就是虫族必须为乔波提供他所需要的材料进行实验。

导致刀锋军偏离轨道进入陨石群、受到不明物种攻击而几乎全军覆没的绿洞，就是乔波的杰作。李妮不擅长这些学术研究，对他热情洋溢的滔滔不绝一知半解，只知道这类似于一个中转站，绿洞吸引外来物品，传送到乔波这里，乔波在鉴别有用和无用后再通过另外的口传输出去。为什么他们穿越绿洞却安然无恙？为什么绿洞基本上不靠近太阳系？李妮的困惑立刻就有了解释，不过这并不妨碍她恨得牙痒痒。

乔波本身并不擅长于治疗，而更擅长解剖，他并没有太好的办法解决虫族繁衍的问题，所以至今研究也没有太大进展（这是乔波的一面之词，李妮猜测，乔波本来就没有为虫族治病的打算，他只是以此为借口来获取更多资源进行实验和逃跑，否则他唯一的用途就没有了。绿洞极有可能是乔波预备逃跑的重要手段）。总之，他决定采用别族的生物来进行代孕。

乔波对无数外来生物做了实验，结果因为虫族本身霸道的基因，无一成功。马修作为一个男人已经被鉴别为无用的物品，被虫族们拖走了，而李妮她们三人的身体里已经被注射了虫族的受精卵。温妮的情况就是虫族基因对她的身体在一定程度上进行了改造，从而产生变异。乔波认为这十分正常，之前所有实验体都在不同程度上受到了影响。李妮恨得后槽牙都痒痒。温妮表情麻木。帕姬把嘴唇咬破了，暗红的血液流了出来。她们都知道，自己没有办法反抗，只能任人宰割。

（四）

一转眼，过去了 4 个月。这期间，李妮三人不知计划了多少次逃跑，却总是无法实现。

大约是太久没见到地球人或者别的什么原因，乔波本人对待她们的态度十分不稳定，有时十分有耐心，有时会露出狂热的眼神，有时又是一种看待将死之人的怜悯。也许正是如此，他并没有对屡次试图逃跑的她们严加看管。除了每周固定观察她们几次，他从不出现在她们的视线内，似乎总是很忙的样子，但是那些虫族士兵们总是 24 小时重重把守。尽管乔波会在白天把她们的手脚松开，只有晚上才铐上，她们却连自残也做不到。

更可怕的是，她们的身体都在变化，越来越接近虫族：身体开始僵硬化，迅速消瘦，头发大面积脱落又迅速生长出来，指甲和牙齿变长……李妮简直要怀疑自己是不是今天睡下了，明天就长出一对触角或者翅膀。她的情况还是最好的，帕姬和温妮……

在这样压抑的环境下，还要不断安慰队友，李妮经常有临近崩溃的感觉；但人的意志总是那么神奇，坚定信心，就什么事情都能扛得住。

不过，她们这样子回去了，还能叫作人类吗？

低落如同一团乌云笼罩着所有人，与之相反的是乔波的兴高采烈。他高兴地告诉李妮，她们是被植入受精卵后生存得最久的一批试验品。根据虫族的情况来看，她们最迟五月份就能生产了。尽管她们没有任何不适，但她们的腹部的确孕育出了新生命。李妮每每想到这里，就是一阵反胃。

温妮的情况一直很不好，她是后勤部的成员，身体素质自然比不上另两人。尽管李妮和帕姬已经竭尽全力照顾她，她还是一天天消瘦下去。

李妮有不好的预感，但是那一天还是到来了。

温妮持续发烧，还是高烧。李妮和帕姬一整天都在用各种方式给她降温，但是没有用。最后，李妮无奈地和帕姬商量，决定去找乔波，尽管大家都不想承认，但是乔波的能力是不可否认的。

温妮双目失明，听力却因此出奇的好，她愤怒地阻止李妮叫乔波来。

“我的身体我自己知道！已经撑不了多久了不是吗？早点死也好，不要去求那个疯子……他不怀好意！他是个恶魔！”

这是李妮第一次见到一向温顺的温妮如此暴躁，如此绝望。

“好好好，我们不去找乔波。你别老想着死，好吗？”

尽管如此，乔波还是来了，给温妮注射了药剂。温妮的烧渐渐退了些。李妮松了一口气，谢天谢地，乔波对他的试验品们还是十分好的。

谁知，到了凌晨，温妮的体温又升高了，烧得开始发疯说胡话，尖叫着把自己的头向床板撞去，好像在承受剧烈的痛苦。李妮几乎是立刻就被惊醒了，她尖叫着，嘶喊着，挣扎着，想引起只隔着一扇透明玻璃的虫族和乔波的注意，但是没有一个人发现她。温妮没撑过十分钟就断了气，大大的眼睛直直地盯着银白色的天花板，仿佛透过天花板看到了那个虚无缥缈却温暖的天国。

就在这时，刚好天亮了，手铐、脚镣自动打开了。李妮奔过去抱起已经冷却的尸体，但是不过几分钟，实验室自带的清洁污物系统打开，将温妮的尸体从她手中生生吸走，卷入机械中带走了。

不知为什么，帕姬现在才醒过来，一睁眼就目睹如此凶残的一幕，叫骂声和压抑的哭泣声回荡在实验室内。李妮愣愣地坐着，恍若未闻。

李妮对乔波的态度一天天冷淡和粗暴下去。

帕姬后来也发起烧来，但是帕姬挺过来了，代价是收获了一条虫族的黑色的坚硬手臂。

五月，李妮和帕姬相继生产了。

（五）

九死一生的疼痛后，李妮连看都没来得及看一眼，那个生命就被带走了。

帕姬，也死了——在她肚子里的虫族幼体很不耐烦地自行剖开了她的腹部。幼体被带走了，但没人搭理帕姬，任她抽搐流血。清洁污物系统在十分钟后打开，将她的尸体清理掉了。后来听说帕姬生下的那个东西也没撑多久，死于幼崽们的争斗中。李妮的心冷得不成样。

乔波让她好好休养，对她倒是放松了很大一部分警惕。李妮乖巧地全部应下，似乎已经接受了现实，有朝一个合格的奴隶发展的趋势。

直到一个深夜。

李妮睁开眼，感到一阵腹痛，是药效发作了，痛得她想蜷缩起来，但她死死地不发出任何声音，等待着这最后的机会。

李妮呕吐了，她忍着恶心，任吐出的胃酸流淌在她身上。十分钟后，“嗡”的一声，清洁污物系统自动打开，强劲的吸力朝李妮袭来。

狂喜涌上心头，李妮任凭自己被卷入机器中。机器里是十分宽敞的管道，湿滑黏腻，腥臭无比，大概是里面有太多死物的原因。有时还有一些不怎么坚硬的物品被李妮弄碎，发出脆响，她感觉到这也许是碎骨头，甚至就是帕姬或者温妮的，结果就是她更恶心了。

李妮什么也抓不住，只能任由自己被迫滚动往下掉。掉吧，掉吧，她想着，四周一片漆黑。

忽然，脚下有光照来，同时传来令人牙酸的绞肉机声。李妮终于明白，为什么乔波从不害怕她们通过清洁污物系统逃跑了。因为根本就逃不掉！李妮根本没有办法抓住任何东西，而脚下是锋利的绞肉机。

不行！不要！不能死！李妮将坚硬的指甲狠狠地扎入管壁，鲜血喷溅在她脸颊上，模糊了她的视线，但仍然没办法阻止她滑落，只是速度稍缓。

忽然一丝光划破了黑暗，精准地刺入了李妮模糊的视线中。李妮定睛一看，得救般用尽所有力气想抓住管壁。

没有用，她还是在继续往下滑。李妮绝望地叫骂着。

她感觉到强劲的吸力像一只大手在继续将她拉入深渊，心知要活下来已经几乎是不可能的了，只是生存的本能驱使她继续做着徒劳挣扎。渐渐地，李妮的脚已经几乎要碰到绞肉机的扇叶了，她甚至能感觉到风扇的风吹鼓了她的裤腿，皮肤因为冷已经起了鸡皮疙瘩。

绝望，无力的绝望，一向意气风发的李妮在这里已经尝到了无数次这样压抑苦涩的感觉了；只是这一次，却是前所未有的浓烈。她唯一可以用的指甲已经有些承受不住快要断掉了。

“咔”的一声，疼痛从手上传来，指甲终于承受不住，断裂了。李妮闭上眼睛，咬紧了牙。

预料之中的疼痛意外地没有袭来。李妮睁大眼，发现她的手被抓住了，她正被往上拉。

四目相对。李妮看到，壁管上的那个光孔从外被破坏，形成了一个大窟窿，“罪魁祸首”探头进来，正歪着脑袋看她。

泪水忽然充斥了李妮的眼眶，不仅是因为绝处逢生，更因为救了她的这个“人”。

（六）

李妮被拉起来，然后被轻柔地放在了地上。脚踏实地的感觉让她十分激动，尽管她累得在发颤，身上的每个细胞似乎都在尖叫着要求休息。她歇了一会儿，才开始打量四周：这应该是饲养幼兽的房间，身边是许多幼兽的尸体，血流成河，好像刚经过一场恶战。虫族之中盛行优胜劣汰，幼兽自小就需要互相攻击以争夺资源。这个房间的清洁污物系统是不会启用的，因为虫族幼兽会吞食同类的尸体。

在她打量这周围时，她的救星一直很安静地挨在李妮身边，不时嗅一嗅她身上的味道，然后再思索什么似地咬一下空气。重复几次后，它起身往尸体堆走去，叼来一个类似内脏的东西，献宝似的凑到李妮跟前。

李妮神情复杂地将视线停留在这个家伙身上：它比她高大许多，倒在地上的尸体们和它相比显得十分营养不良。它身上新旧疤痕交错，通体漆黑，看着很像恐龙，却有一双和李妮一模一样的眼睛。再往下打量就能发现，它身上有更多与李妮相同的地方。

李妮知道，这个异形就是她的孩子，而且它肯定受到了很大的排挤，也不知道是认出了她是它的母亲，还是忽然看见有相似之处的同类比较激动。她叹口气，推开了异形送来的腥臭物。那一瞬间，她甚至从异形眼底看出了受伤和委屈。

李妮起身往被破坏的大门走去，异形紧紧地跟在她后面。到了大门前，它迟疑了一下，有点疑惑地叫了一声，好像有点担心。李妮猜测它可能从未踏出去过。李妮踏出了大门，她的时间不多。

异形在门口又叫了一声，还是踏了出来，紧紧跟着李妮。两“人”都好奇地打量着周围。一个个房间里都是幼兽，无一例外都在撕咬彼此。异形似乎已经习惯了，李妮却看得心惊胆战，怪不得虫族的战斗力那么强悍。突然，一只巨型虫族冲她嚎叫着撞在玻璃上，她被吓了一跳。它的牙缝中有许多残存的血肉，热气喷在有凝固血液的玻璃上顿时起了一层白雾。异形冲着玻璃大声嘶吼了几声，威胁地对着玻璃龇牙，发出低沉的吼声，尾巴竖起来。里面的家伙好像看出它不好惹似的，往里缩了一下。异形满意地转回来，用鼻子拱了拱李妮的手，继续跟在李妮身后。

欺软怕硬是所有生物的本性呢。李妮想着，走出大门，吃惊地张大了嘴。映入她眼帘的是无数大大小小的、黄绿色的卵，挂着放在各个地方，还在微微地跳动。

就在她们不远处，肥胖的虫母翻了个身，她和其他虫族身体结构不同，通体是泛着黄的白，看着像是一条恶心的大肥蚕。她眯缝着触角上的眼睛往这儿看来，好像正在疑惑这是什么东西，那毕恭毕敬站在她身边的正是乔波。

一下子看见两个她最厌恶的生物，李妮的心猛地提起来。

（七）

乔波眯起眼睛，掀起嘴角笑了笑，眼底尽是嘲讽的意味，像是抓到了偷跑出门的白老鼠，下一秒就可以揪着它的后颈丢回笼子里。

李妮将小异形往后推了推，用眼神命令它不准往前走，也不管它是否看懂，硬着头皮站在了前面，开口道：“乔波，我今天来是为了问你一件事情的。”

乔波对着虫母低声私语了几句，大意也许是“这个小杂碎我来搞定吧”，那姿态极尽谄媚。直到那虫母翻了个身，闭上眼休息，他这才冷冷地看了过来。李妮恶心得想吐，怒火涌动，胆子也大了起来：“温妮……她的死，是不是你干的？”

乔波歪了头，表情很是疑惑，似乎是思索了一会儿，才恍然大悟般道：“你是说那个第一个死掉的女人？没错啊，就是我干的。她的身体太脆弱，我需要集中资源给优质试验品；而且，她还辱骂我。我很久都没有被人这样辱骂过呢！”他挑挑眉，像个被宠坏了的孩子被发现弄死了邻居家的猫一样，毫不掩饰他的恶意，有恃无恐地嚣张大笑，甚至兴趣盎然地反问：“你是怎么猜到的？嗯？告诉我。我好下次改进。”

一直以来的猜测得到确认，李妮气得全身都在发抖：“你，你简直是只禽兽！你这个无耻的混账玩意儿！温妮是被你害死的；而且，后来你只要理理帕姬，她就可以活下来了。连马修都因为对你没用……我们明明是同类！你为什么要帮着别的种族？”

乔波用一种好笑的语气继续说道："为什么？当然是因为你们早就把我驱逐出去了啊。哪个种族对我来说不重要，我只需要能继续我的研究。好了，现在你该回去了。"一扇门"唰"的一声打开，几只强壮的虫族士兵走了出来。

身后的异形上前几步，龇起了牙。李妮还要再说些什么，一道黑瘦的人影从角落跳了出来，几枪射向了毫无防备的虫族士兵们，然后扑倒了乔波，挥拳就打了上去。

"马修？！"

（八）

李妮迅速地反应过来，现在不是叙旧的时候，她赶紧一个箭步冲上前，制服刚刚反应过来、正笨拙地挪动身子的虫母，防止她招来其他虫族士兵。

马修将手上的枪丢给她，只用拳头狠揍乔波，他拳拳入肉，边打边骂。尽管他满身尘土，皮肤比之前更加黝黑，双目赤红，衣衫褴褛，但李妮从未觉得他这么帅气过。

虫母愤怒又可怜地叽叽叫着，忽然瞥见李妮身后探头探脑的异形，像见到救星一般叫得更大声了，像在趾高气扬地下达命令。异形眯起眼睛，有点嫌弃地离虫母远了几步。

李妮举起枪，了结了这产卵机器的生命，烦人的叫声戛然而止。

马修冲李妮吼道："李妮，你先走。我把这混蛋弄死了就来。外面有一艘小型飞艇，你可以直接坐上去！别在这儿拖我后腿！"

他的言语中带了些以前的爽朗，难言的熟悉亲切感涌上心头。李妮点点头，拔腿往外跑。

马修看着她的背影，面色阴郁地低头，抿紧了唇，一言不发，只是继续一拳，又一拳。

乔波喘着粗气，忽然笑了起来："咳咳，新型药……剂的滋味，你肯定是第一次尝试吧。你尽管嚣张。哼，这阵子过后……咳咳，迅速地萎缩啊。多么美妙的滋味。"

马修停下了拳头，忽然大笑了起来："不，这阵子就够了。"他往外看去，似乎透过钢铁墙壁看到了李妮的身影，接着拿出一个遥控器来把玩着。

乔波的瞳孔猛地一缩，马修已经摁下遥控器的按钮。

"再见，李妮。一定要回到地球上去啊！"

熊熊火光淹没了一切生命。李妮绝望地尖叫着，拍打着自动驾驶中的飞船舱门，泪眼模糊。

仓库里悄悄探出一个脑袋来，走到李妮身后拱了拱她。

李妮的泪水戛然而止，表情冷硬了起来。

不能发怒。她想着，伸出手抚摸了一下异形的脑袋。异形十分受用地眯起眼，蹭了蹭她的手。她全身一颤，心底飞快地盘算着什么。伸出手有一下没一下地抚慰它。异形高兴得跟什么似的，并没有发现李妮已经悄悄划开了地板。

对不起，祝你好运。李妮苦涩地想着，看到满脸惊慌失措的异形被吸出舱外。她不能让可能给人类带来危害的东西回到地球。

包括她自己。

她看着自己已经变成虫族形态的四肢，泪水汹涌。所有资料全部传回地球后，飞艇直直地朝一块大陨石撞上去，变得粉碎。

"对不起，真的对不起，我不能回到地球上去。"

很远很远的地方，异形睁开了眼睛，纯净的眼底满是疑惑。

“……妈妈？”

它深深地往回看了一眼，漫无目的地飘浮着：“现在我要去哪儿呢？”

它找了那么久的妈妈，又消失了，现在去哪儿找她呢？

忽然，它看见了一颗湛蓝的星球：“真好看的颜色，像妈妈的眼睛一样。”

它直直地往前飘去，消失在宇宙的深处。

(深圳市福田区新洲中学初三年级　林钰琪)

追星人

我的爸爸和妈妈

我的爸爸，是一个追星人。

他有一副亚洲人的面孔，两只手被改造成了一对带有冷核聚变反应炉的金属假肢，看上去就像是给正常的手带上了一副金属手套。

众所周知，我爸爸是快子引擎的发明者，这项技术比快子岛研发出来的时间早了很久。因为有了这种可以让我们以超光速穿越空间而不用担心迷失在时间涡流里的工具，他成为了一个追逐星辰的人，即追星人。为了能够方便地在太空中穿梭，快子引擎被加装到他的战甲上。这种战甲能在他遇到危险的时候保护他，并充当太空服以及防辐射服，让他自我武装。对他来说，一次能称为“旅行”的旅程少说有 10 光年，穿梭于太阳系内只能算是“闲逛”。

快子引擎给他带来的不只是一个可以让他进行星际飞行的机会，还有我的妈妈。与爸爸不同，她是一个金发碧眼的欧洲血统女性，是快子岛快子传输实验的第一个试验者。快子岛在进行快子引擎试验的时候，并不知道他们的“发明”早已不是什么新鲜玩意了，所以可以想象，当那个试验出了差错，原本要落在快子岛周边海域的载人舱飞到了月球附近，她遇到他时，有多么惊讶了。

他们两个经历过的事情可以写成一本书了。爸爸还经常说，他们曾不止一次拯救了地球呢，也不知道是不是真的。

追星人眼中的太空

自从我和弟弟出生以后，爸妈就不会经常到外太空飞了。我和我的双胞胎弟弟在 15 岁之前都留在地球上，和量子岛的小孩一起上学，和他们一样生活。在学校里，我们从老师口中了解到了失重的有趣之处，因此我们在六年级的时候曾有一次问过爸爸，为什么不带我们姐弟俩上太空。他是这样说的：

“太空不是像你们觉得的那样好玩。等到你们有能力上太空的时候，我自然会带你们上太空的。”

等到爸爸走后，我们又去找妈妈帮忙，希望她能开开金口，帮着说服我爸爸。没想到，妈妈的态度也是一样坚决。

“他说的没错。人类的身体原本就不太适应太空环境。”妈妈说到这里，叹了一口气，我敏感地察觉到她碧蓝的眼睛后面有着许多回忆。

“妈妈，你怎么了？”弟弟问道。

妈妈并没有直接回答我们，而是问：“你们的物理课学到哪里了？”

“可控核聚变。”

“历史呢？”

“‘海王星’的前世今生。”

“这件事情就和你们学的东西有关。”她说，“当‘海王星’还是那个武装恐怖组织的时候，他们想要你们爸爸的冷核聚变反应炉。这点，书上提到过吧？”

“有！”弟弟激动地说，“我还告诉别人，这是我爸爸呢！”

“黎星，这不是什么值得骄傲的事情。”我说道。

“你姐姐说的对，你在学校不应该到处张扬。”妈妈面带责备地看着弟弟，“别人知道了你是黎江的儿子，那么你一犯什么错误，别人就会怪罪到爸爸和妈妈头上，不仅会影响到爸爸妈妈的声誉，你也会被别人看扁。这是你想要的结果吗？”

见弟弟惭愧地低下头，妈妈也就没有再说什么，摸了摸他的头发，继续说：“当时，我和你们爸爸在‘海王星’的一艘飞船上，情况很紧急。那艘船已经被核导弹击中，高温正在熔化船。他当时为了阻隔高温，在走廊的中间架起了一堵等离子墙，没有注意到我在走廊的另一头。”

我和弟弟都吓坏了，连忙问：“那一定很烫吧！”

“情况远比你们想象得糟糕。”妈妈平静的表情和我们两个惊慌的神色形成了强烈的反差，“飞船熔化产生的高温液态金属沾到了我的战甲上，我的膝盖被凝固的金属锁死了。紧接着，又来了一场爆炸，我被抛到了墙面上，背后全是凝固的液态金属，我就这样被困在战甲里动弹不得。”

“那你是怎么逃出来的？”我问道。

“你爸爸把我拉出来的。”妈妈说到这，眼睛里涌出了甜蜜的光芒，“他打开了我战甲的加热系统，接着把墙切去一块，将我拉了出来。你们不知道战甲里面有多么热、多么闷，即使它的空调制冷系统已经开到最大了。我和你们爸爸刚逃出飞船，之前所处在的那个位置就被熔化了。”

“我们以后上太空也会遇到那种情况吗？”

“应该不会，但不管怎么说，你们两个一定要记得，太空不是那么好玩的地方，有很多方式能够让你们死无葬身之地。”

弟弟和我听了沉默不语。

原来爸爸妈妈的眼中，太空是这样的。

追星人为何是追星人

量子西区的许多人在放假的时候会带着全家去量子东区的山中别墅或者量子赌城的高级酒店里度假。

我们也会去度假，只不过去的地方不一样。

在我和弟弟的 18 岁生日之后，我们开始接受为期 3 个月的太空适应训练，期间的困难和付出的汗水就不必说了。不过和所有了不起的成就一样，为成就所付出的代价与成就本身的价值相比根本不值一提（这句话来自于我爸爸，至于是什么时候说的暂且按下不表）。终于，在那年的暑假，我和弟弟穿上了我们自己的战甲。我们终于可以和爸爸妈妈一起去追随那些天空中闪耀着，召唤着我们的星体了。

这次的目的地是“拉美西斯 α”星。之所以用一个古埃及法老的名字命名，是因为这颗星表面有 80% 都覆盖着橙色的细沙。这颗行星围绕着一颗红巨星旋转着，有着三颗卫星：拉 α 卫一、拉 α 卫二、拉 α 卫三。从太空远远看去，用我弟弟的话说：

“它就像一颗大棒棒糖！”

“拉美西斯 α”上面正刮着剧烈的沙尘暴，让整颗星球呈现出沙土特有的橙色，在红巨星的光芒照耀下，它的确就像一颗无棍的棒棒糖，还是橙子味的。

剧烈的沙暴使我们的藏身之所隐没在了沙下。这是爸爸在太阳系外建立的战甲储存基地。当我们顶住猛烈的、携带着狂沙的强风打开仓库的天棚时，一瞬间灌进去的沙足有两米厚。

“这里有什么好玩的？”弟弟在我们安全躲进基地后，卸下战甲的头盔，一屁股坐在了覆盖在仓库地面的沙子上。

“先不要急着把头盔摘下来！”爸爸警告说。弟弟连忙把头盔套到头上。

爸爸趴到墙壁上，好像在找什么东西。过了一小会，他似乎找到了——他掀开墙上的一块盖板，里面露出了一个开关。随着开关被打开，我们脚下的沙子渐渐松散、下沉，我、弟弟和妈妈很难再站住了。这时，有一股股橙色气体从沙子间冒出，这是沙子升华后形成的蒸汽。

不久，仓库的地面终于“水落石出”了，最后一点沙子也变成轻烟被气泵抽走了。接着是一阵气体的呼啸，整个仓库充满了可以供人类呼吸的正常空气。

爸爸率先解下了他的战甲，说道：“黎星，这里就是这么‘好玩’。你见过充满了在 50℃时就变成气体的沙子的地方吗？”

弟弟显然惊呆了。

“亲爱的，沙暴还有多久过去？”妈妈靠上去问道。

“两个小时。”爸爸说道，听那个语气，仿佛在压抑一个大惊喜，“然后，你们会看到一个奇观。”

“什么样的奇观？”我很好奇，“是类似流星雨的景象吗？”

“我们目前发现的所有行星轨道都是椭圆形的，但在两个小时之后，这颗行星的位置将会越过一个界限。”

这时候，妈妈兴奋起来，惊喜地问爸爸：“哦！是不是我们上次来的时候遇到的那种……”

“不要剧透。”爸爸一只手捂在了妈妈的嘴上，打断了妈妈的发言。妈妈的眉毛一下耷拉下来了：“你就是这么对待妻子的吗？”

“别生气，只是一个惊喜而已，我想保留它的神秘性。”爸爸说着，吻了妈妈的面颊，给了她一个大大的拥抱。

两个小时后，当我们穿着战甲飞出基地，站在松滑的沙地上，爸爸要我们往“太阳”的方向看。“拉美西斯”星与太阳系中的太阳，实际上没有多大区别，就是红了点、大了点，看着有一个盘子那么大。

“爸爸，你说的‘奇观’在哪里啊？”我问道。

“还没到时候。”爸爸还在等待着什么，无线电里，他的声音听起来有些疲惫，“找个地方坐下吧，等那个时刻到了，你们就有的玩了。”

说完，爸爸原地坐在了沙地上。我带着一肚子的疑问坐在了爸爸的身边。

“爸爸？”

“嗯？”

“你为什么要当追星人呢？”

“‘追星人’这个名字只是别人给我的职业定下的称呼。这其实不算一个职业，只能算是一种爱好。”

“你为什么会有这种奇怪的爱好呢？”

“有着不同经历的人当然会有与常人不同的爱好。我5岁就被抓到‘海王星’去了，然后自己逃了出来。从那之后，我就爱上了星空。我知道地球是我的家园，但是我的基因似乎一直在驱使我往上，一直往上，追逐那些星星。它们才是我的最终归宿。”

“那……”

“怎么了？黎月？”

“你为什么会爱上妈妈呢？既然你对星空那么向往，我觉得宇宙才是你的真爱啊。”

“怎么说呢？爱情是一个很奇妙的东西……发现一个能让自己放弃一切去爱的人，是很大的幸运；发现一个有和自己共同喜好的人，也是很大的幸运；在合适的地方发现这个人，仍然是一个很大的幸运。以上这三点全被我碰到了，由此说来，你们就是幸运的产物。”

“但是……”

“我知道你要问什么。寻找一生的伴侣和追逐星星一样写在我的基因里，我一生是绝对要做这两件事情的。”

…………

“我以后也想当追星人。”

“想当就当呗。理论上你想当什么都可以，只要不违法，不伤天害理，而且自己做着有意思，就放开手去干。我只有一个要求：做任何决定之前，想清楚后果和你可能面对的状况，要不然就太鲁莽了。鲁莽就意味着闯祸。”

突然，我们脚下的沙地发出了震颤，好像地震一般，表层的一些沙粒已经开始活蹦乱跳了。

“我向你们保证过的奇观来了。趁着你还好端端地站在地面上，赶紧跑到你妈妈那。到时候，你就可以和弟弟滑沙了。”爸爸站了起来，把我从沙地拉起身。

“滑沙？”

说完，我的脚下就开始打滑。这是流沙的感觉，但是这流沙无穷无尽。因为这颗行星沿着椭圆形轨道公转，所以当“拉美西斯 α”运行到“拉美西斯”星附近时，它表面的温度就会高于50℃，这些沙子开始升华。有些地方温度稍高，沙子就少，它们和沙子升华慢的地方就形成了坡度。我和弟弟从这个巨型的沙坑边缘，与其说是滑，不如说是被沙坑拽下去。这个沙坑越来越深，坡度越来越陡，一直到无尽的黑暗，少说也得有几千米。弟弟玩得挺开心，他的笑声一直响彻在无线电里，直到坡度陡到我们的背都不能贴在沙地上的时候，我和弟弟才飞了出来。

坑外的世界是我们从未见过的：一望无际的沙漠在不断地变化，我和弟弟刚刚滑下的这个坑还不是直径最大的，最大的那个在靠近地平线的地方，看着就像一个盆地；刚刚还存在的沙丘，现在已经被削平甚至下陷了，这里的地形就像一锅滚烫的水，波澜起伏。

“走啊，找他们去！”弟弟说着拉起我的手，把我拉向另一个黑黢黢的沙坑。到了沙坑上空，他就迫不及待地关闭了战甲的动力，自由落体坠进了流沙之中。

我当时最关心的事情不是玩：“爸爸！我们的基地会有事吗？”

无线电里传来了让我安心的答案：“不会的，基地地下垫了很厚的抗热地基，一直深入到很深的地方，不用担心。”

“那就好。”我说着也关掉了战甲的动力，和弟弟一样，开心地投入了吞噬着无穷沙子的沙坑的怀抱。

追星人的极限

量子岛开始在太阳系外建立补给基地的时候，就是我成为追星人的时候。

在那个时候，量子岛开始和我爸爸交恶。他们的星际战舰几乎无可匹敌，使得巨量的战甲使用蜂群战术都无法应付。我们失去了很多的战甲基地，一家人因此一直在外太空流浪。谁也不知道上一秒还在生活的地方，下一秒能不能守得住。

我当时 26 岁。

“丝绸”星系是一个美丽的恒星系，它的恒星“丝绸”星是蓝色的，有着漂亮的日珥，使它看上去就像是仙女下凡。这个星系内的核燃料、水源甚至植被在它的一颗行星“丝绸 γ”上都可以找到。这里也是妈妈和爸爸订婚的地方。

即使是在如此美好的地方，那一天也始终会来临。

量子岛得到了情报，得知了我们的位置。

星际战舰飞到了恒星对面。那时，战舰、恒星和我们一家四口所在的“丝绸 γ”星在一条直线上，行星上的观测卫星和探测器却探测不到战舰的存在。

事后，我知道量子岛是用什么方法摧毁“丝绸 γ”的了：三艘巨型战舰带来了一个直径 5000 千米的复合式恒星级功率的冷核聚变反应堆。这个反应堆释放的能量让战舰的造波器释放出了巨量的等离子波。这些波以一种特殊的频率震动，当传递到恒星上时，波被恒星吸收，恒星的频率也慢慢向这个波靠拢。随着整颗恒星的节奏都被调动起来，恒星内外层的等离子体开始变得不稳定。如他们所愿，“丝绸”星面向我们的这一面随后开了个大口子，巨量的恒星物质喷涌而出，将“丝绸 γ”星的磁场剥去，表面生长的所有绿色植被全部化为灰质，地表被灼烧，空气开始被恒星风吹散。这哪是一个天堂，这是炼狱！

在“丝绸 γ”基地坍塌的最后几秒种，爸爸和我们一起躲进了深至地下 500 米的地下室里。

地下室阴冷、潮湿，食物匮乏。爸爸妈妈撑着虚弱的身子，把他们能找到的食物都给我们吃。我们自然不肯吃，直到爸爸说了一句话：“这个时候还讲什么孝道？救我们这些老人有什么用？你们快吃。不吃，咱们会一块饿死。”

等到危机过去，原本深入地下 500 米的地下室已经离地面只有 300 米了。恒星强劲的打击把整颗行星剥去了一层 200 米厚的“表皮”。

踏着陌生的岩石，望着陌生的地形。这是哪颗星星？这不是“丝绸 γ”！这是它的残骸！

我和弟弟担心地看着爸爸和妈妈迎着“丝绸”星蓝色的阳光走向远处。没有了大气层，阳光显得很刺眼，无线电里传来他们之间的谈话。

“安娜，这里是什么地方，你知道吗？”

“我知道，是我们订婚的地方。”妈妈的声音像是大病初愈，有气无力的。

“如今，我竟然沦落到没有办法拯救这里的地步。”

“不要那么逼迫自己。人知道自己的极限，就应该止步。”

“我是一个专门打破极限的人。”

“我知道。”妈妈温柔地说，“所以你才那么可爱。”

我和弟弟的战甲里，警报同时响起，显示爸爸妈妈两人体内的营养不多了，以至于心脏只能缓缓跳动，以延缓时间。

我们惊慌地返回地下室的入口，耳中还传来他们的声音。

“我这一生也算是圆满了。有成功，有失败；有惊喜，有失望；有命中注定，也有偶然相遇。”

“能和你一起经历，我感到非常幸运。”

弟弟疯狂地翻动着柜子里的抽屉。

“上一次我们这样躺着看星星是什么时候？”

“很久、很久以前了……”

我的心在滴血——地下室的食物已经被我们吃光了。我和弟弟对视了两秒，共同意识到了这个可怕的事实。

我们像傀儡一般，爬到了地面上，只见蓝色的阳光洒满光秃秃的大地。远处，两个穿战甲的人影躺在地面上，面罩紧紧挨着。

“追星人……”

“我喜欢这个称呼。”

“恐怕你喜欢的不只是称呼吧。”

“对，我喜欢你。”

妈妈伸手搂住了爸爸的脖子。然后，他们就都没再站起来。

无线电里，他们的最后遗言仿佛是从上古传来的回声，是贯彻宇宙的闪雷，是人类文明至高无上的结晶。

“我爱你，黎江。”

“我爱你，安娜。”

（深圳市南山区南头中学高一年级　李楚涵）

星空的旅者

（一）

嗒嗒嗒……

晚上的 10 点 40 分，S 市的一栋办公大楼里，只剩下了一个约莫 30 岁、带着黑色方框眼镜的西装男子还在电脑桌前敲着键盘。

“叮咚！”伴随着一声清脆的响铃，他忽然吐出一口气，猛地往椅背上一靠，任由黑色的转椅把自己带离桌面。一个拳头大小的银色金属球闪着蓝光飘了过来：“亲爱的于洋主人，你完成了今天的工作，你真是太棒了！”金属球的屏幕上，是一张笑脸。

它把这句话回放了两遍，机械的电子女声在空旷的办公室中回荡。

“小智，这个点到‘午夜阳光’酒吧附近站点的公交车还有吗？”于洋半躺着对那个金属球——他公司给员工配备的人工智能小智——吐出这句话，一天泡在电脑桌前没时间说话，他的嗓子已有些沙哑。

金属球冒的光变成了黄色，小智从工作模式切换到了生活模式：“最后一班磁悬浮公交列车已在10点停止运营了。需要给您叫一辆无人出租车吗？”它的声音也柔和了许多。

“嗯。”

“但是无人出租车是要收费的。主人，您确定要叫车吗？”

“每公里多少钱来着？”

“1千米以内起步价10联邦币，超出部分每千米10联邦币。去‘午夜阳光’酒吧共需要约20联邦币。”

“又忘了……”于洋嘴角一抽，“算了，小智，给我导航吧，我走过去。”他说着从桌上黑色背包里掏出一件黑色大衣披上。

（二）

于洋在深秋的街道上走着，将近一个小时路程，只有两三个行人经过他身旁，他们都是一身黑色大衣和西裤，步履匆匆的，应该是在赶去工作吧。毕竟，这是科技发达、各种能源几近溢出的22世纪中期了，走路的人，多半是没钱的底层打工者。

旁边的马路上，发出红色尾焰的飞行代步摩托“嗡”地闪过去了。上方，一辆辆冒着蓝光、悬浮在特定轨道上的银色汽车从他眼前窜过。远处，一栋栋形态各异的高楼大厦撑着天空，闪着颜色各异的光彩，夺去了满天星幕的光彩。

“这S市的街景真美啊……好像星空……”于洋看得出了神，可他很快又低下了头，“可惜……这繁华的世界却没有哪怕一点点的地方是属于我的……”他自嘲地笑了笑，裹紧自己的大衣，继续跟着前方的小智走去：“我对这座城市来说，只是一个无关紧要的旅者吧。”

（三）

于洋推开酒吧二楼厚重的大门，呼着白气在吧台前坐了下来，把小智放进了背包里。一个看上去和于洋年龄相当的女服务员走了过来。

“于，又来啦！今天很晚呢……想喝些什么？”温柔的声音混着柔和的黄色灯光飘了过来。于洋看向天空——“午夜阳光”酒吧的二楼上方是一个巨大的圆形透明玻璃罩，上空没有磁悬浮车的轨道，周围也没有什么高楼大厦的遮挡，在这一片小小的天地，北国的星空得以展现出它曼妙的身姿。于洋每天过来这里，就是为了看到它。

“加班啊……丽莎，来杯‘焰之星空’。”于洋把眼镜摘下，揉了揉眼睛，露出一丝轻松的、享受的微笑。

“天天喝这个……20联邦币。”被于洋称为丽莎的女服务员无奈地笑笑，指指旁边的指纹支付器，然后从身后的酒柜里拿出几瓶不同品种的酒和调酒器具调起了酒。于洋拿起支付器用食指按了一下，支付器响起一个“已从个人账户中扣除20联邦币”的电子音。于洋把它递回去，重新转向那星空。

“由地球联邦宇航局亚欧分部发射的‘切尔诺β号’宇宙飞船已于11月2日，也就是昨天，成功进入预定轨道，准备开始实施宇宙探索计划……”过了许久，一个声音吸引了于洋的注意，他抓起眼镜戴上，转向右上方的全息电视，那上面播放着今日新闻。

“‘切尔诺 β’号将会以近光速的速度飞入银河系外的半人马阿尔法星系，在那神秘的星域中开始对宇宙新能源和地外文明的探索……”投影上，是一个银色的椭圆飞船在宇宙行驶的虚拟画面。

“喔……去探索……星空！”于洋的眼中闪出向往的光彩。

“还探索地外文明……不知道有多少来到地球的外星人都被联邦超自然事件调查局为了研究秘密地处理掉了呢……”调着酒的丽莎听到新闻，“切”了一声。

“小姑娘，慎言哪！”于洋身边一个大叔端起酒杯提醒道。

“知道啦……喂！于，你的酒！”

于洋紧紧盯着那投影，以至于没看到丽莎递过来的那杯底色为火红色却又隐约闪着金银双色光芒的“焰之星空”鸡尾酒。

丽莎见状，坐到了于洋对面，手捧着腮帮子，宠溺地笑着，看着于洋品尝美酒看新闻：“于，你很喜欢星空吗？”

“嗯……从儿时起就是如此，因为这份喜爱，我从小就拼命地学习航天知识，想当个宇航员，结果参加宇航员考试时，我却因为遗传的近视，没有考上……好想像那些宇航员一样去探索无边的宇宙啊……”于洋的脸微微涨红。

“那有什么好玩的，在宇宙飞船上就那么几个人，多无聊啊，像我这样每天能跟全国甚至全世界的人相处，才有意思嘛。”

“你，是不懂得我梦想之宏大的！”于洋的眼中闪出些许不服气，双手在身前一张一合。

丽莎只是笑着一歪脑袋，嘟了嘟嘴：“真是的……”

角落里，一个手中摇晃着已见底酒杯的蓝瞳年轻人听见他们的话，转过了头，看见于洋的脸，有些惊喜地站起来，走到他旁边，

“嗨，于先生，又见面啦！”

于洋转头，看见那双青蓝眸子，听见那有些奇怪口音的汉语：“哦！呃……迪塔！你也来啦。来来来，坐坐坐。”

“不了，我还有点事，要先走啦，你……和丽莎姐慢慢聊吧，哈哈……”那个叫“迪塔”的年轻人放下酒杯，看着于洋和丽莎，坏笑两声，转身出了门。

“这家伙……”于洋无奈地笑笑，把右手的食指和中指伸出，放在右眉毛上，然后挥出——这是他一贯说“再见”的方式。

看着那黑色背影的离去，于洋脑海里浮现出与迪塔相遇的那个晚上。

（四）

10 月底的一个晚上。

“于，来啦，正好，喏，那上边在播你最喜欢的电影《星际迷航》呢，是第几部来着……”调着酒的丽莎见于洋推开大门走了过来，指指墙上的全息电视，“几百年前的电影呢，老经典了！”

“是啊……来杯‘焰之星空’吧。”于洋在吧台前坐下，歪着脑袋看着那电影。

“就这样……”电影中响起一个声音。

于洋的目光瞬间变得炽热，他情不自禁地读出了那台词的后半句话，那句他从小就记住了的、一直记着的那句经典台词：

“勇敢地航向前人所未至的，宇宙洪荒！”于洋的双手使劲一指前面，做出很帅气的样子。

只是，于洋听到一个男声与他自己的声音同时响起："To boldly go where no one has gone before!（意为：勇敢地航向前人所未至的宇宙洪荒）。"

于洋愕然地转头，身后是一个身穿黑色风衣、瞳色青蓝的年轻人。

两人看到对方和自己同时用不同语言说出这句经典台词，都显得十分惊喜。

"咦？这位先生，你也喜欢看《星际迷航》系列？"没等于洋发问，那人先开口了，他的汉语还算标准，但也听得出来有些口音，看来是个外国人。

"嗯，是啊，我可是能把那里面的所有台词都背下来哦！"

"哇！"青年饶有兴致地笑了笑，随即弯下腰，打了个手势，示意还在笑着的于洋和丽莎安静下来，然后故作神秘地道："承认了吧，对于像我们这样的人来说——"

"旅途本身，就是归宿！这台词不错吧！"于洋伸出右手手指，在空中挥舞着。

"是啊，不错不错！"青年笑着拍起手来。

"这年头跟我一样还喜欢《星际迷航》系列的人已经很少见了呢，这位外国小哥，怎么称呼？"于洋抬手跟那人击了个掌，又拿出一张写着自己名字和住址的名片给他。

"叫我迪塔就好。"那人笑嘻嘻地在于洋身边坐下。

两人闲聊起来，如同是早就认识的、心有灵犀的好友一般，星际、科学、电影，无话不谈。

喜欢的话题聊完了，他们的谈话不可避免地转移到了工作上。

"于先生，你的工作是什么？"迪塔抬起自己手中的"深蓝秘境”鸡尾酒，问道。

“嗯……我的工作啊……”于洋无奈地摇摇头，“我是 Stean 公司的一个职员，很枯燥乏味的工作啊……”

“Stean! 那个世界 200 强的企业嘛！你们工资很高吧！好羡慕哦……”刚送完一杯酒的丽莎闻言吃惊道。

“工资高有什么用……每天除了敲代码还是敲代码，无聊死了……还不如……”于洋摆摆手，“那迪塔你呢？干啥的？”

“我啊……怎么说呢……”迪塔眼中闪出一丝卖弄的笑意，“每天都要和宇宙打交道呢。”

“哦，什么！什么！什么！”于洋一下子坐直身子，丽莎也投来好奇的目光。

“你是宇航员？还是飞行员？要么就是……天文学家？”于洋连珠炮似地发问，但迪塔始终摇着头。

“都不是，那是啥？”

迪塔脑袋一歪，神秘一笑：“保密！”

“什么嘛！”丽莎和于洋同时无语。

“不过……不管怎么说，和宇宙打交道的工作都是很好的吧，真令人向往……”沉默了一会儿，于洋小声道。

（五）

11 月 3 日的夜晚，一个办公大楼的地下室内。

“D 哥，去哪了呀？”

“呦，小 E 也在啊，哥去酒吧小酌了一杯，还遇见了个……”

“天天不务正业！晚上11点到第二天6点是你留守基地的时间！看看现在都几……”

“97小队，全体集合！”

“怎么了？廖队？这么晚……”

“上面来新任务了，给了我们一些信息：联邦发射的宇宙飞船撞到了一艘飞往地球的外星飞船，外星飞船受损，一些部件掉落在地球上。调查局将飞船编为2279号，给这些外星人编起了个代号叫‘旅者’。好几个国家的其他分部收集到了‘旅者’飞船碎片和一些‘旅者’的尸体，但飞船因其前进能源尚未丧失殆尽，仍在断断续续地飞行，预计在今明两天内会掉到我们S市或北边更远的地方。由于它不是地球的飞船，我们无法对其定位，只能推断其大致掉落位置。飞船是由特殊的银色未知宇宙矿石制成的，以我们现在的科技水平无法将它打破，但是我们配备的5000℃高热离子射线可以射穿其外壳，击杀里面的外星人。这里是几张上面传来的飞船和外星人的图片。上级要求我们，飞船一掉落，立即找到它，秘密歼灭里面的‘旅者’，尽量少地损坏其飞船。‘旅者’的飞船对联邦有巨大的研究价值，这也是我们不发射导弹直接击毁它的原因。”

“呵，这鬼飞船怎么长得跟个银蛋似的，哈哈……”

“还有这外星人，怎么像个金色毛绒球啊！”

“除了这些照片，还有别的情报吗，廖队？比如外星人和飞船有什么特殊能力啥的？”

“还是F最正经！你们啊，都好好学学！根据其他分部人员的报告，那飞船很多部分已经损坏，没办法飞得更快，但其发出的金色光弹会产生巨大的未知能量。这种能量虽然无法对我们人类和其他生物造成实质伤害，但是可以将我们和其他物体推飞。至于‘旅者’……它们体内98%都是一些无害的宇宙能量，实质的存在形态为金色球体状，只靠体内2%的软胶质有机物维持，没有什么攻击手段，不会说话，或者至少我们现在还不懂他们的语言。每一个‘旅者’的年龄都有几万岁，正在经历着不断的进化。它们来地球的最终目的，应该是要利用地球上的什么东西，进化为一种终极的生命体。”

“‘旅者’是基本无害的外星人哪……为什么我们一定要歼灭它们呢？也许它们对我们是友善的呢……”

“D，你忘了B老哥是怎么死的吗！外星人不是人类，那些家伙信不得！”

“F说得好！D，这就是你的经验不足了，你就知道那些外星人进化为终极生命体后不会对人类造成威胁？所有人给我听好了，不管那些外星人是否友善，我们要做的，只是执行任务！从现在开始，给我打起精神来，一场战斗随时可能到来！”

“唉……是！”

（六）

同样是11月3日的夜，西塔街道，爱森公寓内。

结束回忆后，于洋离开了酒吧，回到家。他住在爱森公寓2栋的顶层。

他用自己那印着星空图案的水杯接了杯水，望向房间墙壁上的星空墙纸，上面，点点的荧光星星闪烁着，给没开灯的房间添上了些许梦幻的光亮。柜子上、茶几上摆满了星空水晶球、宇宙飞船模型之类的东西。

他房间里的一切都与星空有关，可他还是感觉自己离星空的距离好远好远。

已经0点了，但他还是睡不着。

他坐在窗台上，遥望远方一角的星空，想想还是“午夜阳光”的星空好看。

爸妈给我“于洋”这个名字，就是希望我以后能当个宇航员，于星海中自由徜徉呢；然而还没等我飞行员考试结果出来，他们就早早地离开这个世界了。

唉……我什么时候能去星空探索呢？

爸，妈，能告诉我吗？

我什么时候能够去无边的宇宙旅行呢？不再像现在这样，每天坐在电脑桌前，机器一样地敲代码。

唉，或许那是一个永远没办法实现的梦想吧。

真是的，我不是早就意识到这一点了吗，怎么现在还在奢望……他看着星空的目光里，飘过淡淡的死寂。

忽然，一颗流星划过于洋公寓上方的天空。

于洋猛地站起来。

好近！好近！于洋甚至能看清那流星是银色的。

那流星的本体并不是很大，于洋甚至觉得它比自己的房间还要小；但它的光彩着实绚烂，蓝紫交织的尾焰在一瞬间照亮了夜空。

于洋本以为它会如自己见过的其他流星一样，消失于天际的尽头；但他追随着这颗流星的轨迹，发现那灿烂的光华竟然在慢慢下降，最终延伸到了地面上，那是北边远处的一个森林公园。

一瞬间，于洋的耳朵捕捉到一阵细微的嗡鸣。

那颗流星落到了地球上！哦，不对，那不是流星，是颗陨石！从浩瀚宇宙来到地球的陨石！

伴着这个念头，于洋看到，那颗陨石坠下的森林公园里有耀眼的黄光闪烁了一下。

他忽然有一种强烈的感觉——那颗陨石在召唤他。

他伸出右手，指向光芒发出的地方。

到我这里来，到我这里来！

他仿佛听到了呼唤的声响。等反应过来时，自己已经重新穿上了大衣，正打开门走出屋子。

他迟疑地回头看了看：是去看那天外飞来的奇迹，还是老老实实地去睡觉，准备明天的工作？

抓着门把手的手臂有意无意地缩回，惯性加上风的推力轻轻地把门带上了。

于洋嘿嘿一笑："看来老天爷都想让我去看看呢。"他"咔嗒"一下把门关紧，借着寒冷将自己的大脑微微麻醉的时机，快步走向电梯口。

（七）

于洋叫了一辆无人车，坐了上去，在键盘上输入方向，车飞速向那陨石坠落的地方驶去。他大学毕业后就想买辆车，然而直到现在，他都没能攒够钱。

10分钟后，于洋跟着自己的直觉，来到了距离他家30千米的秘境森林公园。这时的停车场根本没人。他把车停了，在无人售票处按了一下手指，支付了门票钱，然后快步走入了空旷的公园。

在S市，这种森林公园已经没有几个了，门票钱因此贵到了惊人的500联邦币，但于洋根本就没看他支付的钱数，他现在一心只想着要找到那颗陨石，那从浩瀚宇宙降临到他身边的陨石。

于洋沿着阶梯，向森林公园里第一座山的山顶狂奔。那山并不高，约莫1个小时，于洋就爬到了山顶的瞭望台。

于洋在瞭望台上俯瞰下方的森林，他心中那个感觉越来越强烈了，耳边的呼唤声几乎成了实质的喊叫。

在哪儿！在哪儿！你！在哪儿啊！

于洋的心脏怦怦地跳动，他很久都没有这么激动过了。

在……那儿！那个山谷！

于洋的目光在一个流着溪水的山谷中猛然停住——那小溪尽头有个大湖，湖边有一个相当大的坑洞，漏出的湖水在往洞里流着，旁边的灌木上，还隐隐有燃烧残余的火星。那显然是个刚刚砸出来的坑。

坑洞的中心，有一个球状物，它的外壳类似金属，月光照在上面，反射出银色的光彩。

就是它！

于洋猛地一拍瞭望台的铁栏杆，从通往山谷的阶梯飞奔而下，不一会儿就到了小溪边，他沿着那涓涓细流，朝他记忆中那银色陨石的方向快步跑去。

3分钟后。

“找到了！不过……这是……这是什么啊？”于洋看着自己面前的这个约4米高、5米宽，一半泡在一个大水坑的银色“巨蛋”。

原先他心里那种强烈的“被召唤”的感觉，在他看到这陨石的那一瞬间，消失得无影无踪。

于洋万分激动——他终于找到了这颗陨石；却也有些不知所措——要……怎么办呢？把它带回家吗？他显然搬不动。报警吗？好像也不妥。

嗯……先观察它一下吧。

于洋小心翼翼地围着那砸出的水坑绕了一个圈。他发现，那金属巨蛋正对湖面的“蛋尖”位置，有一圈冒着电火花的黑色光环。这陨石……怎么会冒电火花……啊！那是……那是个喷射口吧！这、这……这不是陨石！是个……是个宇宙飞船！不对啊，据我了解，联邦没有发射过这么小的圆型飞船啊！难道这是……外星飞船！于洋张大了嘴，吞了一口唾沫，心中不由地一阵兴奋：“来自宇宙的……外星人！”

他又吞了一口唾沫，鼓起勇气，右手颤抖着伸了出去，在那飞船的外壳上轻轻敲击了两下。

“嗡嗡。”

“你……是谁？是……是从哪个星……”

“砰！”

“哎哟！”

于洋的手刚刚拿起来，话还没说完，那外壳上的黑色光环——那被于洋认作喷射口的地方，骤然喷出一股蓝色光束。那光束把飞船猛地向前方——那个大湖，推了出去。于洋吓得忙往后退去，脚下一个趔趄，坐在了地上。

“滋滋滋啪！”那飞船冲出去时，喷出的蓝色光束就是断断续续的，到了湖中心湖面的上方，喷射口又爆起电火花来了，飞船没了动力，斜斜地砸进了湖里，“啪”的一声溅起一阵不小的浪。

“这……怎么……不是……”于洋一骨碌爬起来，看着前面，飞船已经没入了湖中。

“喂！”于洋心中忽然涌起一股强烈的失落，他看看那湖，又看看自己，“啧……算了，来都来了……”

他咬咬牙，摘下眼镜，两步助跑——

“扑通！”寒冬中接近冰点的湖水瞬间包围了他，他不自主地打了个寒战，努力睁开眼，眼前只感到模糊的疼。他又一咬牙，浮上去猛吸了一口气，然后钻进水中，拼命地向湖中心游去。

几次呼吸后，到湖中心了，他又猛吸一口气，向下潜去。

于洋几年来缺乏锻炼的瘦弱身体在极端的低温和突然的剧烈运动的折磨下，变得更加脆弱无力，他感觉到自己小腿的肌肉酸软胀痛，眼睛更是刺痛得厉害，手、脚指头甚至已经没了知觉；但他还是坚定地向下游着。他自己都不是很清楚这么坚定，到底是在追求什么。或许，是在消耗着心中对未知、对梦想的那么一点点残存的好奇、盼望和追寻的勇气吧。

“来自星空的旅者啊，我一定，一定，要找到你！”

（八）

很多东西，并不是坚持就可以改变的。

于洋潜到约莫水下两三米就想上去换气了，强忍着向下游了一米多，还是什么都没看到。他万分不甘，但也只能开始上浮，上去换口气再下来吧……

可他的头一仰起，冰水立即就灌入鼻子，他惊得呛了好几口水，肺里残存的空气更少了。他很想使劲地往上划水，可已经没了力气，他感觉到，自己已经在慢慢向更深处下沉。他的思维开始迟钝，意识开始模糊：难道……我就要……

迷迷糊糊间，他几近绝望地转过身——

“咚！”他的眼前闪过一道金色的光芒。慌乱之中，他闭上双眼，只觉一股强大的推力把自己推出了湖面，飞了出去。“咳！”他咳出一口湖水，一口新鲜空气吸进肺里，可算是得救了。

他在半空中瞟一眼下面，顿时惊诧无比。

一大团湖水也跟着他一起飞了出来，湖中心的湖面短暂地出现了一个凹槽——尽管它立刻又被湖水填满了。

他还没来得及思考那道救了他一命的金色光芒到底是什么，为什么湖水也会飞出来，下一秒，他就已经狠狠地砸在了岸边的沙子上。

“啪嗒！”

“哗啦！”

湖水和他一起落在了岸边，又慢慢流回了湖里。

于洋本来就已几近昏厥，连做除了呼吸之外运动的力气都没有了，现在再被狠狠地一摔，他脑袋一歪，昏倒在了岸边。

（九）

“喂，这位先生，醒醒！”

睁开眼，手电筒的强光刺入于洋的眼睛。于洋一个激灵，一手遮住眼前，另一只手把自己往后撑了半步，却差点跌进湖里。

一双力气巨大的宽大巴掌猛地抓住于洋的肩膀，把他拉回来，一个厚重、急切的男声传来：“外星人在哪儿！快说！”

“哎!F，你吓到他了！”只听见另一个温柔些的女声响起。

“廖队，他……飞船就是落到这儿的，他一定知道些……”男声不服气地道，但他话才说到一半，女声骤然尖锐的一声“闭嘴”就打断了他，于洋肩膀上的巴掌也放了下来。

手电筒移开，于洋才得以睁开眼，他使劲眨了眨眼，看了看四周，自己身上还是湿的，盖着一个绣着“警用”的黑毛毯。刚才问他问题的是一个高大威猛的黑衣男子，他身边是一个身着制服的女人。右边是一个临时搭起来的蓝色封闭棚子，周围是一大群蓝衣警员，正在用一圈圈黄黑相间的标识带把那个湖围起来，湖中心还有一艘小船，上面站着两个警员。

而他心心念念的那个外星飞船已经不见了踪影。

他的大脑顿时炸开了锅。

那飞船到哪里去了？把自己轰出湖面的金光是什么？这些人是谁？他们……有没有找到那飞船？

于洋仔细一想刚才那男人说的，发现这些人应该还没有找到飞船。

于洋心中莫名地一阵轻松。

这时，那女人已经在他面前蹲下来，从胸前的口袋里掏出一张证件：“这位先生，这里……发生了一起小型飞机坠落的事故，我们代表保护市民安全的联邦调查局，想对您进行一些必要的询问。请您配合。”

于洋看看女人拿出来的证件：“联邦超自然事件调查局，

21197号小队，廖队长。”

看来，“他们是谁”这个问题已经有了答案。

等等，他们是……联邦超自然事件调查局！有多少被称为“威胁公民生命安全”实则大部分无害的外星人和未知生物们，都被这群人秘密处理掉了！

于洋努力压抑住心中的厌恶，爬起来，那廖队长左手向旁边的蓝色棚子一伸：“请跟我来。”说着，向前走去。她身边那个被称为“F”的男人，则站在了于洋身后，盯着他。F那魁梧的身躯直接打消了于洋逃跑的念头。

于洋只得慢慢跟着廖队长向那棚子走去，一边走，一边思考着应对接下来的审问的答案。

“不管怎么样，我都不能让他们找到飞船！”

（十）

“刚才……实在是……太惊险了！”坐进自己叫来的无人车里，于洋才发觉背上全是冷汗。

审问的时候，他先用指纹验证了自己联邦合法公民的身份证，取得了那些人的信任，然后谎称自己只是来这里透透气的，结果遇见一个银色飞船停在湖边。自己走近时，它把自己撞进了湖里，自己好不容易游上岸后又被它发出的金色光芒打晕了。

调查局的人说这只是小型飞机坠落，是为了向大众隐瞒真相。于洋知道调查局内部肯定知道外星飞船的事，于是他抢先说出来，反而不容易引起怀疑。

调查局的人毕竟没有实质证据，听了这些可有可无的话，也没有怀疑，只是对他的身体进行了一番检测后，就放他走了。

迷迷糊糊地回到家，于洋洗了个热水澡，看看时间，已经凌晨四点多了。

忽然开始下雨了。

躺在床上，看着窗外混浊的黑暗，于洋忽然感到一阵强烈的失落和懊恼。

白天，一直工作，甚至加班到晚上 11 点也才勉强完成工作；晚上，花了一整夜的时间，都快拼了命，也没能找到外星人，还差点把自己卷进个万劫不复的旋涡。

哦，还有，400 联邦币买的眼镜也掉了，明天只能用备用的眼镜了。

哈哈。

于洋苦笑两声，感觉有几颗冰凉的东西从面颊滑落。

这就是我呢。一个彻头彻尾的失败者。

“算了……就当什么也没发生过吧……明天还要上班呢……小智，3 个小时以后，叫我起来。”

于洋很快进入了梦乡。

梦中，金色的星空忽闪忽闪的，他一伸手，却什么也没抓到。

（十一）

“热点新闻：昨夜10点，由地球联邦宇航局亚欧分部发射的‘切尔诺β’号宇宙飞船在行驶过程中与一银色不明飞行物相撞，机体严重受损，迫降至月球的‘广寒宫’号月球基地，所幸无人伤亡。”随后，是一则对“切尔诺β”号的宇航员约翰逊的采访：

“请问，是什么精神支撑着你们驾驶着严重受损的飞船，安全迫降至月球基地的呢？”

“这……我们的力量也起到过一定的作用，但是……从我个人的角度，我感觉，更多是神救了我们。它带着温暖的圣光，降临到我们面前，引领我们驶向了正确的航线……”

磁悬浮列车上，今日新闻的播报声被持续的大雨打在车窗上的“嗒嗒”声淹没。于洋半梦半醒地把脑袋靠在握着把手的右手臂上，没听到这则爆炸性的新闻。

“Stean贸易中心站到了。下车的乘客，请……”播完新闻，列车放出了到站提示音。

“主人，下车了！”身边的小智提醒道。

“唔……呃！”于洋眨了眨眼，看到列车的门正在缓缓关上，他赶紧冲出去，却还是被拦住了，要想回来，他得花10分钟坐到下一个站，再转回来。

然而，现在已经7点50分了，离上班时间只有10分钟了。

一个炸雷劈下来，和于洋使劲把拳头敲在车门上的声音重合。

……

“于洋，你迟到了14分钟，根据Stean员工条款，你将被扣除工资200联邦币。”

于洋走入写字楼，拿出小智，闪着蓝光的工作形态小智传出了一个中年男人的声音，那是于洋的老板在通过小智直接传话。

“啊！一天的工资啊……我……”

“请现在就开始工作！我们公司并不缺你一个！”

“呃……是！对不起！”于洋只得咬着牙向小智屏幕中的老板鞠了个躬，然后飞快地跑到自己的电脑桌前坐下。

“嗒嗒嗒……”

四周充斥着击打键盘的声音，没人抬头看于洋一眼——大家都在忙着工作呢。

“嗒嗒嗒……”

许久。

“嗒嗒嗒……滴滴！滴滴！”于洋的电脑屏幕上忽然出现了许多红色的“Attention（注意）”字样。

密密麻麻的红字挤满了整个电脑。

“怎么……是不是不小心按到什么了……这……怎么关掉啊？啊啊啊！”

“Pay Attention（集中注意）！”刺耳的机械音尖声叫着，混着连续的、紧迫的滴滴声。

于洋把按回车键、点鼠标、关主机等一切他记忆里解决这些问题的办法都试了一遍，然而都无济于事。

一滴冷汗滑落，于洋仿佛已经感受到了数十道目光向自己聚集了过来。

“谁……谁来帮帮我……”快要被那电子音和密密麻麻的字符逼到崩溃的于洋，小声地、无力地向四周的同事发出请求。

没有人回应。

“这人上班时退出工作系统想摸下鱼，被系统发现了吧，哈哈，好惨哦……”一个男人窃笑着。

“好吵哦！他就不晓得怎么好好工作嘛！”一个女人的声音大得像是故意要让于洋听见。

恶意！

于洋感觉到深深的恶意不断地在他的身边环绕着。

他捂着脑袋蹲下来。

挤压！

于洋感觉到潮水般的恶意凝聚成实体，开始挤压着他的身子。

“不……不是的！我……我只是不小心按错了一个键……不知道为什么就变成这样了！”于洋拼命地大声叫着。

“呵呵……”男人不屑地笑着。

“嘁！鬼信哪！”女人刻薄的声音刺痛于洋的耳膜。

“Pay Attention!Pay Attention!”电脑还在叫。

这个世界！为什么要这么对我？！

“啊啊啊！滚哪！”于洋忽然猛地站起来，一拍桌子，砸向电脑，然后一把将背包抓起来，疯了一样地飞跑了出去。小智跟在他后面。

“Pay atttttttttt……”电脑无力地呻吟了一声，没了声响。

同事们相视愕然。

“呀……这人怎么……”

“别管啦！又不是第一次见！让 Boss（老板）自己处理，我们赶紧工作吧！”

几秒钟后，“嗒嗒嗒”的敲键盘声又响了起来，仿佛什么事也没有发生过。

（十二）

回到家，于洋把自己关在房间里，蜷坐在墙角。

什么都不干，什么都不想，只是蜷着。

他像只受惊的小兽。

“主人，要是身体无恙的话，请立即回到工作岗位上哦。”小智仍在规劝着他，“要是觉得没有精神，我们为您推荐：在我眼前的你啊，是不是感觉精神不振，没有力气呢？那么，‘乐豹’功能饮料值得一试！‘乐豹’，提神抗疲劳，激发……”它自顾自地播起了广告。

于洋猛地站起来，抓起小智，按下它头上的关机键。小智“嘟”的一声，就不再发光和说话了。于洋把它丢到了一旁，又像耗尽了全部力气一般跌坐了下来。

“为什么……要这么对我……”于洋无力地喃喃道。他望向天花板的眼中，是死寂的黑。

裹紧大衣，几滴泪水从这具快要干枯的身体被挤出来，从他的面颊滑落。

“我想……离开……不管去哪里都好……只是……离开这里……”

“我可以带你离开哟。”忽然，一个柔和的女声在于洋体内响起。

“什么……是谁！”于洋惊得站了起来，双手在自己的身上摸索着。

只见一个金色的光球慢慢地从他的身体里钻出——或者说，

析出。那光球通体金黄，闪着耀眼的光彩。

“你……你是？”

“用你们地球人的话来说，我是个……宇宙生物吧，首先……”那光球忽然幻化成一个人形，五官和于洋长得几乎一模一样，只是身体只有20多厘米高，而且全身冒着金光。

“谢过恩人！”那光球幻化的人忽然猛地跪下，感激地说道。他的声音听起来倒是和于洋不同，像个十几岁的少年：“是恩人让我躲过了坏人的追捕，保全了性命和飞船，万分感谢！”

“啊！你是……那天陨石飞船里的外星人！我救过你吗？你找到我……是想干什么？你是怎么藏在我身体里的？你为什么来地球？还有你说……带我离开，是什么意思？”于洋听到那外星人说自己是他的恩人，心中的恐惧不禁淡化了许多，强烈的好奇心顿时涌了上来，他连珠炮似的发问。

“恩人别急，我先说说我的故事吧，相信听完，你的疑惑都会解开了。”那外星人倒是一点都不急。

“好，说吧。”

（十三）

“我尽量用地球的、你能听懂的语言表达吧。我们是宇宙自身的产物，不属于任何星球。我们是天生的旅者。用你们地球的年份来说，我们已经存在了上万年。

“在你们地球，我的代号好像叫‘旅者’吧，那这样的话，恩人叫我‘小旅’就好。

“我的存在形式——就是你看到的这种光球形态和地球人类形态——是靠我体内 2% 的宇宙胶质物维持的。这些胶质物十分柔软，就导致了我们自身身体的弱小。但是除了这 2%，我身体的其他部分都是一些奇特的、我没法用地球语言解释的宇宙能量。这些能量是我们身上独有的，它们特殊的能量波动让我们有了自己的意识、感觉，给了我们移动、做事所需的动力，保护着我们的胶质物不受宇宙射线等带来的能量伤害和陨石撞击等物理伤害。当然，太高的温度也会将那些能量排斥开，伤到我们。有了它们，我们得以在宇宙中行动，也有了发展自己科技的能力。

“我在宇宙中就以光球的形态游走，逐渐找到了自己的同类，造出了能靠我们自身无限能源驱动的飞船。因为我们的身体弱小、不灵活，很多精细的工作要花费大量能量才能做到，我们决定在宇宙中寻找肉体强大、灵活的生物，通过改变身上胶质物的形状和能量的释放，附体于其身上，共同实现更高一步的进化；但附体后因为能量波动的变化，我们的意识会变得薄弱，无法影响‘容器’的行动、思考，更无法驾驶飞船，所以，符合条件的只有高智慧生命体。数千年来，我们始终没有找到合适的，直到我们来到了这个星系，来到了你们这颗星球。

“这颗星球上的人类身体和智慧都很强大，于是，我们决定在此降落，选择合适的人选。因为无法识别你们的科技能量，我们撞到了你们的飞船，导致我们的飞船受损严重，又因为已经进入了引力圈，只能分开逃亡。其中一个带着伤，为了保住你们的飞船，还透支了能量，但它还是保护、引领着你们的飞船成功降落到了月球上。最后，它体内的能量在月球停止了波动，用你们人类的话来说，就是死了。有七个因为飞船撞击时受损，在突破大气层时死亡了。还有一个在逃走时被你们人类中的一些坏人认出杀害了，最终，我们的族人就剩下了我一个。

“我要完成族人们的愿望，找到一个人类附体，并和他一起在无边的宇宙中旅行，最终，一起进化为最终的生命体！

“降落以后，我遇见了您。我把飞船藏进坠落点湖底时，发现您好像落水了，秉着和平交往的族规，我用排开陨石用的无伤害舰炮把您打上了岸；但没一会儿，那些坏人——我们同类间能通过自身能量远程交流，那个被杀的同伴临死前告诉了我坏人的服饰——就抓住了您。我逃到了林子里，在您被放出来之后，我悄悄跟着您回了家，晚上就附到了您的身上。当然，我为我鲁莽的行为向您道歉。经过对您记忆的读取，我学会了你们的语言，知道了这颗蓝色星球的名字——地球，知道了你们叫‘人类’，也明白了是您帮助我支开了人类中的坏人，救了我的命。

“于是，为了报恩，也为了我们一族最终的进化目的，再加上现在看来，通过感知您的脑电波，我发现您好像……也不是很想再待在地球了。我就想问一下您的意愿，请问，您愿意和我一起，离开地球，去宇宙旅行、进化吗？我身上的宇宙能量，在我附体到您身上后会保护您不受宇宙辐射的伤害，我的附体也不会影响您的行动——就像今天上午一样——所以，您的安危，基本不需要担心。经过一上午的观察，我对用能量活化您的细胞、无限延长您的寿命这件事也很有自信！

“只是，离开地球以后，我们就不会再回来了。”

（十四）

“嗯……你说有一个你的同类是被地球人杀死的，那……你不恨地球人吗？”听完那自称“小旅”的外星人的话，于洋沉默了好一会儿，才发问道。

“不恨啊。我们对自己生命的形态并不很在意，你们语言里的‘死’，对我们来说，不过是重新变为宇宙的能量，回归宇宙罢了。就算‘死’了，为了自己的梦想，为了自己的目标而‘死’，不是很伟大吗？我还有些向往哩。再说，每个星球上都有坏人，但是，不是还有恩人您这样愿意帮助我们的好人存在嘛！”小旅很认真地说。

“您放心，您要是不想走，我不会强迫您的，您要是不同意，我马上就离开……”小旅坐下了，嘟起嘴，看起来有些委屈。

哈哈，活了几万年，还跟小孩子一样呢……看来他说的是真的，哈哈。看着它那有些可爱的样子，于洋露出一丝微笑，这么想着。

他相信这个外星人不会骗自己。

以前，他从不会那么轻易地相信一个人；但是现在，他实在太想走了。

“那你……怎么带我离开？”放下了最后的戒心，于洋的眼中流露出强烈的激动和期待。

“简单！我的飞船藏在湖底，您的帮助让它没被坏人发现！现在我体内的的能量消耗太大，不足以驾驶飞船突破大气层；但是，我只要再在你们这里多待一会儿，还是可以吸收足能量的——太阳能射线很补的！”小旅一听于洋答应了，兴奋地说。

“哈哈，要吸收多久？”

“在这个窗台晒着，到晚上7点太阳落山时就差不多啦！但是，还请您待在这儿保护我一下——被坏人发现就不好啦！您可以睡一觉——到宇宙中，我们睡懒觉的机会就很少啦。”

“好啊，哈哈哈哈……”

看着它摆出一个“大”字躺在了窗边洒满阳光的窗台上，于洋哈哈一笑，往床上一倒，很快便甜蜜地进入了梦乡——他很久没有这么轻松、开心、充满希望地睡着过了。

梦里又是漫天星幕，梦中的他一伸手，抓到一颗软软的星星，它闪着彩光，在他手中顽皮地跳着。

（十五）

“N国分部的人已经研发出了针对外星人体内能量的追踪器，但暂时只能检测到65000平方米内——相当于9个足球场的狭小范围内——有没有外星人。现在，你们每个人都配备了一个，听我指令，分别去不同的街道排查，发现外星人的踪迹，立即进行追捕。一定要给我抓到这个逃走的外星人！A，去阿尔法街道。C，贝塔街道，D，你去西塔街道……”

“西塔街道？于洋的家在那儿呢。”

……

“走吧，恩人，我充满能量啦！请让我附在您身上，一起去那个公园吧。不过，您……真的不想再待在地球了？”

“嗯，这个星球……已经没有什么值得我留念的东西啦……除了……”

“除了什么？”

“算了，没什么，他们也会忘记我的。”

……

于洋开车带着附身的外星人来到了秘境森林公园，顺着记忆中的路线一步步地来到了那个峡谷，那个大湖的旁边。

“恩人，请稍等，我去把飞船开到湖面来接您！”

“嗯，去吧。”

霎时，一道金光从于洋的身体里飞出来，猛地钻进湖里去了。

于洋看看天空，笑着。他们来的时候，太阳就已经落山了，再加上深秋的夜来得早，现在的天空已是繁星闪烁。一想到自己马上就可以去那绮丽而神秘的星空探索，把从小的梦想变成现实，他就高兴地想要叫出声来。

不一会儿，一艘巨型飞船缓缓地飞出了水面，悬停在了湖面上空，黄色的尾焰稳定地喷射着。湖水缓缓从它的外壳上滑下，冲尽了上面的泥沙，银色的甲壳闪着皎洁的光彩，与天空的繁星交相辉映。

忽然，飞船的上部位置打开了一个方形的口子，外壳的一部分伸展出来，延伸到了岸边于洋的位置，那一排台阶直通向闪着金色光芒的飞船内部。

小旅从飞船里飞了出来，径直冲进了于洋的身体里：“走吧，恩人。”

“站住！”

就在于洋深吸了一口气、准备走上那排台阶的时候，一个男人的喊声忽然响起，制止了于洋的动作。于洋回头一看——

“迪塔！你……你来干什么？”

（十六）

于洋眼前的迪塔，距离他只有一米远。迪塔还是老样子，穿着黑色风衣，但他此时左手拿着一个小型的类似电子地图的装置，其中一个位置闪着红光，正在“滴滴”作响。

他的右手上拿着的，是一把长相有些奇怪的枪。他正用那枪指着于洋的心脏。或者说，指着于洋体内的小旅。

在联邦超自然事件调查局 21197 小队工作、代号为 D 的迪塔怎么也没有想到，自己从发现了外星人的西塔街道追到这里，最后追到的居然是于洋！

他咽了一口唾沫：“于洋？怎么是你！难道说……代号‘旅者’的外星人！我以联邦调查局特工 D 的身份，命令你，立刻给我从于洋的身体里滚出来！不然，我手上的 5000 度热离子射线枪随时可以要了你的命！”

“迪塔！先别开枪！我们都可以解释！”于洋赶紧大声喊道，同时举起双手，人形的小旅也从于洋的身体里慢慢分离出来，飞到了于洋旁边，也是举起双手的样子。“这个人……拿着坏人杀死我同类的武器！”小旅小声对于洋说，它的声音中满是恐惧。

迪塔瞬间就将枪口转向了小旅。

“迪塔！这外星人不是坏人！请听我们解释！”于洋轻轻把手放在迪塔肩膀上，示意他冷静下来。

“嗯……”迪塔想想队长给自己的情报，这个外星人，他也认为是无害的，再加上于洋的请求，“嘶……给你三分钟，给我解释一切缘由！不然，一枪毙了你！”犹豫了几秒钟后，他对小旅说。

迪塔的话虽狠，但他很明显已经有些动摇了。

于洋和小旅相视一笑。

（十七）

三分钟的时间，足够小旅把他上午跟于洋说的故事再讲一遍了。

听完故事，迪塔面露难色。他的手腕轻轻抖动了两下，思索再三，终于将枪放了下来：“于洋，你敢保证它说的是真的吗？”他质问于洋。

“不敢保证……但我愿意相信它！就凭它昨天也救过我的命！”

“呵，就算这是真的，外星人，你也只是想要利用人类，达到你们自私的目的吧！”

“不是的！”于洋抢先答道，“我……我是自愿要跟他离开的！”

“为什么？”

“为了我的梦！我从小的梦想，就要由此变成现实啦！对，那份年少时的梦想……”于洋的话里满是激动，他看着迪塔，双手在身前一张一合。

“你是说，要抛弃眼前的所有现实，跟着它去危机四伏的宇宙旅行，把旅途作为归宿吗！”

“嗯，我已经有觉悟啦。”于洋看向璀璨的星幕，眼中满是期待，“在那片星空中，会有怎么样的危险等着我，我还不知道……”他又看向迪塔，“但是，勇敢地航向前人未至的宇宙洪荒，这份属于人类最本质的勇气和探求心，这份属于我的梦想，我不想让它被这里冰冷的现实磨灭！”他激动地大喊道。

人形小旅的眼中流露出赞赏的光彩。

“是嘛……那……你走吧……”沉默良久，迪塔像是做出一个重大的决定一般，缓缓地、艰难地开口道；但很快，他的眼中流露出释然的光彩。看着于洋，他笑了：“旅途愉快！”

“哈哈！谢谢你！迪塔。”于洋露出感激的微笑，“帮我跟丽莎道个别吧。哦，还有，如果可以的话，请别忘记我。”

于洋走上台阶，小旅附进了他体内，他浑身散发着金色的光芒。

“那就是梦想的光辉吧。”迪塔想。

走完台阶进到飞船内部，于洋转过身，看着岸上的迪塔，微笑着，把右手的食指和中指伸出，放在右眉毛上，然后挥出：“拜！”

做完这些，他又转过身，沐浴在了飞船内部的金光中。

他张开双臂，仰起头，闭上了眼睛，微笑着。

“啊……星空——”

呢喃声被飞船合拢大门的响声盖过，飞船调转方向，朝着繁星闪烁的夜空勇敢地飞去。

迪塔凝视着飞船尾焰金光消逝的方向，过了好久好久，才反应过来。他笑起来，也把右手的食指和中指伸出，放在右眉毛上，然后用力一挥——

(深圳福田实验教育集团初二（8）班　周序)

寻找黑白之外的世界

（一）

时间的沙漏停止了。

他就像汪洋大海上的一叶孤舟，没有依靠，没有希望，只有孤独和寂寞的陪伴，像叶子离了大树，鸟儿失了天空，大地没了生气，一切只剩下深深的无奈与叹息。

世界变成黑白两色，苏皓从未有过如此真切的体会。

（二）

苏皓从床上跌了下去，他用力扶着床沿，睁大眼睛，摸索着找到眼镜。

他将手凑近双眼，看着失去了颜色的双手，想到了什么，心狠狠地颤了颤。他几近疯狂地拿起床边的手机，戴上眼镜，打开了日历。

果然，时间回到了 24 小时前！

这或许是自己过度使用能力的后果吧。手机不知何时摔落在了地上，闪着白色的光。苏皓扯了扯嘴角，望向了天花板，苦笑。

10 岁那年，苏皓就发现自己具有特殊的能力——时光倒流。听起来确乎不可思议，但存在即是合理。经过一段时间的实验，苏皓总算知道了这能力的一些门道：只要晚上睡觉前双手合十注意力集中地喊两遍“时光倒流”，等他再次醒来就会回到前一天。也就是说，时间倒退了 24 小时！

当然，苏皓每使用一次能力，视力就会下降一点，他眼中的世界就会模糊一些。虽然随着时间推移，视力可以慢慢地恢复，但这是个漫长的过程。厚厚的眼镜片告诫着苏皓不能频繁使用能力，苏皓当然也不是傻瓜，一直以来都控制得很好。另外，还有一点就是，不能将自己的能力告诉别人，不然，时间会自动倒回前一天，并循环好几次。

可是，这次除外。

秦小小死亡的噩耗，对苏皓来说是个巨大的打击，以至于苏皓用了能力，使秦小小“起死回生”，回到了前一天——在那时，秦小小的心脏还在坚强有力地跳动着。

这是自己改变了一个人的命运而付出的代价吗？苏皓想着，一滴泪水从他眼角滑落下来，他才发觉，自己竟哭了。

母亲进来唤苏皓起床，发现儿子跌坐在床边，眼神涣散，眼角还挂着泪，呆呆地望着自己……

面对父母的盘问，苏皓不知所措，不知道该如何对父母解释，总不能说“我也不知道为什么我就变成了一个全色盲”吧？这样的话又有谁会相信呢？他沉默了一个早上，不知道如何开口。

（三）

苏皓费了好大的劲才在父母担心的眼神下走出了家门；但眼前这一件又一件熟悉到不能再熟悉的景物统统失去了色彩，就像一个个士兵一般，冷冰冰地注视着他。

推开教室的门，苏皓下意识往最角落的位置望去——那个熟悉的女孩还在那里，见他来了，却不像从前那样冲他招手微笑，而是用一种充满了复杂和欲言又止的眼神望着他。

可，苏皓没有在意，满心都是再次见到秦小小的欢喜。

苏皓回忆着“那天”那具血肉模糊的尸体，与眼前有血有肉的女孩重合起来，潸然泪下。

“哟哟哟！苏大学霸见到他的‘小女友’就哭了！这准是两人闹掰了啊！”前排一个穿着朋克衣、戴着几个闪亮亮的耳钉的男生看到苏皓，过来调侃他，惹来了一大片的嘲讽声。

秦小小的微笑僵在了脸上，眼底的自责愈加明显。苏皓无视了旁人，径直走到秦小小旁边的位置，坐下，掏出一支笔，抽出书包里的作业，摊开，为秦小小讲解难题。所有的动作一气呵成，旁若无人，完全不把同学的捉弄放在眼里。

“苏皓！”起哄的男生见自己被无视，感觉受到了侮辱，气急败坏，“噌”地一下站了起来，指着苏皓大骂，“你以为你成绩好、年级第一又怎么样？！不合群的人是没有未来的！”末了，又愤愤不平骂了一些很龌龊的话。

苏皓转过头，紧盯着那个男生，没有大红大绿的颜色衬托出滑稽的感觉，像黑白电视机里上蹿下跳的猴子一般，惹人发笑。

“要是没有声音就更加可笑了。”苏皓想。

他感到身边的秦小小拉了拉他的衣角，示意他不要轻举妄动，毕竟，像那种不良学生，还是不接触为好。苏皓轻轻推开她的手，摇摇头示意她不会有事，转头扬起一个轻蔑的笑，说道："是和你们这群渣渣不合群吧？"他顿了顿，继续道，"我以后可以用我的才识让我过上自己想要的生活，而你呢？"

那男生一时语塞，竟攥起了拳头，向苏皓走来。一切像黑白录像机里放映的录像，没有颜色，可那男生身上的鲁莽与冲劲却让苏皓发笑："老师马上就会来，要是你不希望又被处分记过，就动手吧。"

听罢，男生眼里闪过一丝犹豫，停了手，丢下一句："你们会后悔的！"转身走了。

秦小小松了一口气，对刚刚自己的软弱感到内疚："对不起！这本应该是我的事。"

"你不用道歉，这是他的不对。"苏皓摆摆手，表示毫不在意，"来，咱们继续讲题。"

秦小小愣了很久，眼底那与年龄不相符的情感再次流露出来。

（四）

在另一个时间里，秦小小将会在油画课结束后下课回家时，在马路旁被人下黑手，惨死于车祸。

苏皓为了避免这样的事情再次发生，使用了时空倒流的能力，并决定亲自送秦小小回家，挽救秦小小的生命。当然，这也使他的世界变得灰暗，失了色彩。

夕阳的余晖很快布满了整个学校。这时的太阳，不张扬、不耀眼，很安静、很美，却不太暖。

苏皓站在画室门口，夕阳透过枝叶，将斑驳的阴影投在了苏皓那充满了英气和对未来有着无限期待的脸上。可苏皓，只能看见那一束一束的光线，看不见那种令人升起怀旧之情的金黄。

他问自己，是否后悔过牺牲自己生命中的色彩，让本该死去的发小秦小小重生。

他告诉自己，不曾后悔。

他看着夕阳，很美，但黑白照片般的景象直直地扎进了他的心，留下深深浅浅的刀痕……

画室的门被轻轻推开，秦小小抱着一个巨大的相框，身上沾了些许颜料，手上也有被油画笔不经意间擦过的痕迹。看见站在门口的苏皓，她倒也没有表现出苏皓想象中的惊讶，只是淡淡地一笑，将刚裱好的画展现在他面前——那是一头已有半个身子在云端之上的巨大的鲸，似乎是突破了枷锁，想要冲破云层，摆脱束缚，寻找自由和勇气。

苏皓惊愕地张了张嘴，看着这幅“奇异”的画，问道：“鲸是生活在海洋里的吧，怎么在你的画里就翱翔在天空中了呢？这完全与现实颠倒了啊！”

“是一种期望。”秦小小 16 岁的眼底藏满了忧愁，还有丝丝复杂的神色，让苏皓捉摸不透，“这代表了希望和自由。这只鲸是‘希望’，我想让它自由翱翔，周围洁白而纯净，任何复杂和污秽的东西都不会有——因为云端之上是储存灵魂的地方。来，这幅画送你了。”

苏皓愣住，秦小小的话像是在介绍这幅令人感叹无限的画，又像是对他的安抚。半晌，他才接过画，惊叹道：“好想法！这幅画，真的很美。”他顿了顿，“思想独特，构图精巧，颜色也……很漂亮……”说出最后几个字时，苏皓扭头避开了秦小小的目光，底气不足。

“这张画是黑白的，没有颜色。”秦小小一字一句地说，紧紧地盯着苏皓。

苏皓一怔，转头看着秦小小深不见底的双眼。

时间好像在这一刻定格了下来。风悄悄拂过，扬起了尘土，游过窗前男女各怀心思的年轻脸庞，夕阳的余晖一点一点消沉下去，树叶沙沙地摇曳着——眼前这景象，成了一幅画。

四目相对，所有的话似乎都卡在了嗓子眼儿里，内心的波澜说不出来，却也憋不回去。

良久，秦小小才重重地叹了一口气，用略带疲惫的嗓音开了口：“苏皓，你什么也改变不了。”

“你……知道什么？”苏皓回过神，紧张地问。

“我什么都知道，却也什么都不知道。”秦小小苦笑道，“走吧，该回家了。”

余晖一点点地消失，一个男孩和一个女孩，满怀心思，各自回家。

（五）

饭桌上，苏皓反复琢磨秦小小的话，显得心不在焉。

母亲见状，努力挑起话题。

“皓皓，最近……学习压力是不是很大啊？”苏母试探地问。

父亲也是紧皱眉头，给儿子夹了块肉，说道：“还是遇到不能解决的困难了？”父母对自家的这根独苗甚是用心，毕竟，这是夫妻俩多年来的全部心血。

苏皓沉默，不想说，也不知怎么开口。他很烦，父母整天“学习学习”地唠叨着，生怕自己成绩有一丁点的退步，把年级第一的宝座让给别人。

为了缓和气氛，母亲扯开了话题：“哎，孩子他爸，你听说了吗？”苏母试着转移话题，“就在今天下午，有个十字路口一个孕妇出车祸死了！真是可怜哟，肚子里还有一个孩子，也跟着没了，也不知道那肇事司机……”

“吃饭的时候不要谈论这种话题！”父亲大声制止妈妈。

“妈，是不是小区门口的那个十字路口？！”筷子“哗啦”一下掉落到了地上，苏皓激动地抬起头，双手突然发抖，一种不祥的预感涌上心头——是谁的预言实现了呢？

两人被儿子突然的动作惊到了，一时反应不过来：为什么自家儿子从早上开始就显得莫名其妙的？

“爸、妈！我出去一趟，很快回来！”苏皓搁下碗，不顾一切地夺门而出，仿佛想要抓住最后的一点什么。

外面雷雨轰鸣，骤雨狂风，雨点打到苏皓的身上，一滴又一滴，不疼，却狠狠地将苏皓的心揪着不放，令他难以呼吸。

来到秦小小的家门口，苏皓拼命地拍着门，却毫无动静。苏皓无法从正门进去，但好在秦小小的家住在二楼，而且窗户没有关，他便爬了窗。

屋子里很整洁，却没有人。

苏皓知道，秦小小的母亲早逝，父亲和另一个女人在一起，搬到了别处，而秦小小却执拗地守在这个曾经的“家”里，仿佛这样就能守住那曾经的美好回忆。

可惜一切都是幻影。

苏皓在秦小小的书桌上发现了一封白色的信——致苏皓。

苏皓颤抖着手打开了它，泪水模糊了双眼，脸上早已分不清到底是雨水还是泪水。

苏皓：

谢谢你！这么多年来都陪着我，有你这么一个发小，我真的感到很荣幸。

当你看到这封信时，我已经不在了，去到了一个更加美好的地方——或许是我送你的画里的那头鲸所住的地方吧。

我知道，你对我有很多疑问，比如，我为什么能知道你的双眼看不见色彩。

苏皓，我和你一样，是被神明所选中的人。我们拥有他人不曾拥有的能力，我知道你能够让时光倒流，而我，可以预知未来。我知道，我会在这天死亡，也知道，一个叫苏皓的、很有义气的男孩子会想方设法、不计代价地将我复活。我很感激，也很无奈，我不知道你的这种做法是对还是错。

到底什么是对的，什么是错的？是我们颠倒了是非，还是尚未认清本质？我想，每个人对于“对”与“错”都有属于自己的定义。但是啊，这个世界上，又有太多被颠倒的是非，将一个又一个无辜的人推向万劫不复的深渊，却没有人真正在意过幕后的凶手到底是谁。

但是，历史无法改变。很遗憾，对于一个拥有同样非自然能力的人，你的特殊能力只能让我多看看这世界24小时，却让两个无辜的生命离开了这世界。很残忍，对吧，但这是事实。

最后，再告诉你一个小秘密——其实我和你一样，也是个全色盲哦，而且在很久以前就是了。我也没法看到这世界的多彩，但是你要知道，我们的世界，从此没有了太多花里胡哨、不正确、不干净的颜色，避免了我误入歧途，影响对这个世界的判断。我们的眼中没有太多的杂质，却能够清楚地看到世界的本质。

这个世界，是不是颠倒了呢？好人变成了坏人，对的变成了错的，太多的谎言充斥在这个世界，到底是谁的错？

我不知道。

或许你在未来能够找到答案吧。

就这样吧。

再见了，苏皓。

再见，世界。

你永远的朋友
秦小小

这时的苏皓，早已泣不成声。

一切都说得通了，为什么秦小小在早晨用那样复杂的眼神看他，为什么秦小小对于自己出现在画室门口没有太大反应，为什么秦小小会送自己那样一幅画……苏皓失魂落魄地回到了家，迎接他的是父母的斥责和一通教育。

悲伤和内疚在心中燃烧着，苏皓听着父母的指责，怒火越来越大，从不顶撞父母的他竟冲父母吼了起来：“你们一天到晚就知道学习、学习！我除了学习还能干什么？我在学校里过得好不好，你们不闻不问；我过得开不开心，你们不知道；我想要什么，我所追求的是什么，你们也从来不关心。只知道让我学习！学习很重要，我明白，你们是为我好，我也知道；但能不能考虑考虑一下我的感受？我不喜欢你们这样，完全感觉不到家的温暖！我的世界只是一个被学习所充斥的黑白世界！换位思考一下，如果将我们的关系颠倒，你们希望整天就只能学习，没有办法和父母讨论其他的事情，这样的生活，有意思吗，或者开心吗？我告诉你们，我讨厌这样的生活！”

苏皓红着眼吼完，头也不回地走向卧室，“砰”的一声关上了门。只留下满脸迷惑和不知所措的父母……

（六）

几天后，墓园。

苏皓穿着一身黑衣，紧紧地盯着墓碑上的那张黑白照——那是他不曾见过的、灿烂的笑容。眼前的墓碑下，埋葬了一个 16 岁的花季少女的骨灰。

可是，来看她的人，只有苏皓。

“你知道吗，让你‘出车祸’的，是那天早上的那个小混混，是他在你身后推了你，导致了这场事故，他已经被抓了起来，受到了惩罚。”苏皓顿了顿，又说道，“也是，你有预知未来的能力，怎么会不知道幕后凶手是谁？

“你知道吗，我跟我的父母吵架了，我们从来没有这样激烈地吵过架，但是事后，我们都更加明了对方的心情，或许这就是互相理解的重要性吧。”苏皓看着那张黑白照，喃喃道，“你说得对，黑白的世界使我们有了更加坚定的方向和目标，不被那些外表所迷惑。我想，在高考以后，我会去周游世界的各个角落。

即使是个全色盲，我也想去走走，看看这个世界的各个角落，寻找你想知道的答案。”

苏皓冲“秦小小”扬起一个自信的笑，轻声说道：“放心吧，我一定会找到的！带着你的画，你给我的勇气，寻找到你满意的答案。”

时间依旧不紧不慢地走着，像一个巨大的、无形的沙漏，一粒一粒的细沙永远也流不尽、漏不完。一个少年，背起了行囊，带着梦想走过平湖烟雨，走过岁月山河，寻找所有被颠倒的答案……

少年知道，时间永远只是旁观者，所有的过程和结果，都需要自己承担。

（深圳市福田区翰林实验学校初二年级　罗佳）

异常态

“滴，滴滴，滴……”一串连续不断的机器声将白檀唤醒，他皱着眉坐起来，当大脑回过神来时，发现有一滴像水一样的东西挂在自己脸上。

“嗯？你醒啦。”白檀抬头，一个长相清秀的女孩正站在他面前笑盈盈地看着他，“我……这是在哪儿？”白檀环顾四周，发现自己在一个小屋子里，此时正坐在一张红色的床上。

这个屋子除了挂在墙上的那个相框镶着金边以外，无论是墙壁、门，还是桌子，都是红色的。白檀眯着眼睛试图看清相框里的东西，可是相框内模糊不清。他回头看着那个女孩，似乎有什么东西要从他的脑海中涌出来，却被抑制住了。在他观察屋子的时候，女孩一直没有说话，就看着他。

“看完了吗？”女孩看到白檀在看自己，笑着问道。

“嗯……你是谁？这里是哪儿？”

“这里，你可以理解为是你的记忆之间，你现在正在经历一个创伤后的康复治疗，这个地方的作用就是唤醒你的记忆。我呢，你可以理解为你的医生，就叫我白小苏吧。”

“为什么是小苏啊……”白檀撇了撇嘴，不得不说这个名字让他心神一荡，“那……我是怎么了？”

“嗯……这样吧，你现在能回忆起来最近的事情是什么样的？”白小苏噘着嘴，似乎有些不满他不停地发问。

白檀看着天花板，这个血红的房间令他非常不适应。他联想到红色在电影艺术里面某些时候代表的是血腥、暴力。“我叫白檀，42岁。我记得我是一个导演，在拍摄一部影片，想着拍完电影就可以赶紧回家见老婆了，然后……我就从这里醒了过来。”

白小苏听完，拍着脑袋似乎有些苦恼地说：“啊呀……只能到这儿了吗？我告诉你啊，你今年45岁，因为一次重大的操作失误，导致你到现在还在失忆。所以，我们想复原你的记忆。”

“我们？”白檀有些疑惑。

“是啊，我们。哦，是这样的，我们是一队警察，你在这次事件中扮演了一个非常重要的角色，我们需要你的记忆去弄清楚事情的原委。”

白檀没有说话，盯着白小苏。白小苏察觉到了他的眼神，脸上泛起了一丝红晕：“喂，你看着我干嘛？”

白檀没有动，依旧一边盯着她看，一边说：“不，你的行为完全不像是一个医生，反倒更像是……一个在装作不认识眼前人的恋人，请原谅我的措辞，可是你给我的感觉就像是这样，而且你后面说你是一个警察，这就更让我感觉很奇怪了。所以你，到底是谁？”

白小苏愣了愣，眼神不自觉地看向了左上角，白檀顺着她的眼神看过去，那是相册的位置。白小苏把眼神收回，叹了口气，说：“我又怎么知道我是谁。”白檀愣住了。白小苏继续说：“我可以说是你记忆深处的一个投影。”

“投影？”

“嗯，也就是说，我是属于你记忆最深处的、一个被你自己的显意识隐瞒的东西。”

“等等，等等，我有点乱，你等会儿。”白檀皱着眉捂着头，阻止她继续说下去。从醒来到现在发生的事情都令他感到匪夷所思，先是被机器声弄醒，然后一个血红的房间和看不清楚的相册，一个说自己是医生、是警察、还是自己潜意识里的东西的女孩儿……忽然，他像是想到了什么，抬起头看着白小苏，问：“今年是哪一年？”

“啊？哦，2034 年啊，怎么了？”

“我最后能回忆起来的那个片段，就发生在 2034 年啊！”白檀吼了出来，“你们到底想对我做什么？这里到底是哪里？你告诉我啊！”他从床上站了起来，喘着粗气，手在微微发抖。

白小苏似乎是被他吓到了，往后退了几步，坐到了地上，用左手撑着自己的身子，显得有些惊慌失措：“我，我也不知道。你别这样……我什么也不知道，我只是奉命行事……”

“呵，你到底是谁？”

“我是……白小苏……”

“滚！”白檀转头，看向了房间里那唯一的门，直觉告诉他，门的那一面就是一切的答案，他向门走去。

“别，停下！别开门！”白小苏尖叫着，努力地向他爬去，而白檀的手已经扶在了门把手上，回头冲着她微微一笑：“做梦！”说完，就把门打开了。

门的那一头射进来一道强光，他回过头去，抬手遮住了刺眼的光，嘴角挂着一丝冷笑，他知道自己就要得知真相了。强光闪过，他却愣住了。

他的面前，门的那一头，是一个巨大的城市废墟，天上地下全是灰黑色的，他的视线范围内看不到一个人；最奇怪的，却是天上的一个巨大的怀表，指针显示的时间是 10:57。

“你……满意了吗？”他转过头去，发现白小苏的脸上满是眼泪，她坐在地上，让人看着都能感觉到一股深深的无力感。

白檀沉默了，回头再看着那片废墟，问：“这儿……是哪儿？”声音小得几乎连他自己都听不见。

白小苏凄然一笑，说：“地球，你摧毁的地球。”

“我……摧毁的？这到底是怎么回事？到底是……”白檀后退了两步，跌坐在了地上，就和刚刚的白小苏一样。他感觉脑子里有什么东西破碎了，一瞬间，记忆全部涌了回来。

“苏……苏小白？”白檀回过头来，伸出颤抖的手，以一种带着绝望的难以置信的表情看着她。

白小苏，不，现在应该叫苏小白，站了起来，看着他，苦笑着说道：“嗯，你醒啦？”

白檀昏了过去。

“喂，喂，白檀！白檀，你现在怎么样？”白小苏急忙上前察看。

白檀猛地坐了起来，发现自己的眼角带着一滴眼泪。他看了看刚刚发出声音的喇叭，又看了看面前的玻璃，玻璃的那一头站着很多人，一个穿着警服的男人坐在椅子上，对着一个像是话筒一样的东西说：“看完了吗？怎么样？”他低头看着自己手臂上插着的管子，又抬起头来，两眼无神。

“嗯，对不起……我解决不了。”

……

“你拍这个点的时候要显得悲愤一点，懂了没有？好了，来，下一场好好拍，各部门各就各位，卡！”白檀坐在导演椅上，他此时此刻想的只有回家见到自己的“老婆”。

……

白檀拍完今天的场次，开着车一路赶回了自己的别墅，他打开门，一个巨大的怀表出现在了眼前，自己的“老婆”穿着警服正在敲着那个机器，看到他回来，笑着说道：“快过来，就差一点了，你马上就能见到她了。”

……

白檀将这个“怀表”放到了阳台上，冷风将他的大脑吹得清醒了点，他回过头来看着她，问：“赵菁，如果我们要停止的话，怎么办？而且……我们这么做真的好吗？”

赵菁耸了耸肩，说：“从理论上来讲，要想停止的话，把它摧毁就可以了，它就是一个发条。你也知道，要实现这个，就是让这个机器通过极强的引力波紧紧地依附在时间维上，然后通过扭动它，实现时间倒流。快来吧，我们不是已经准备好牺牲一切了吗？你和我本来都应该是这个时代最优秀的物理学家的，结果现在却藏在这里搞这玩意儿，不就是为了见到你的她和我的他吗？快点啊！”

白檀看着天，今天的夜晚好像没有星星。他回过头来，朝她点了点头，和她一起将“怀表”架在了一个他们自制的火箭上。

……

今天，所有人都觉得自己被一股强大的吸力强迫做自己刚才做过的事情，并诡异地发现，自己刚刚一不小心摔碎的鸡蛋又重

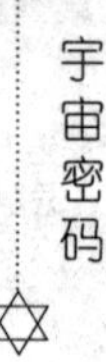

新聚合在一起，回到了自己的手上。白檀看着她，虽然只有几分钟，他就退到看不见她的地方了。

“怀表”在天上转着，直到被强大的引力摧毁，塌陷成了一个小球。

……

地球已经变成了地狱！一切的一切似乎都变成了两倍速，有人想坐在椅子上，结果极快的动作让他还没反应过来就坐碎了椅子，然后疼痛感袭来。有人试着开车，结果速度太快，撞到了柱子上，还没反应过来，就重重地撞到了方向盘上，惊恐的右眼旁流下了一滴血。

世界乱成了一锅粥！人类正在面临着史上最大的一次全球性灾害。警察终于找到了罪魁祸首——白檀。此时，他已经被一根钢筋砸昏了。

……

白檀看着面前那么多人失望愤恨的眼神，心底也不禁感到了一丝失落。他终于明白了，为什么她不让他打开那一扇门，打开了，就表示着他必将回忆起这一切，必将回到现实，必将……离开她。

他咬了咬下唇，抬头坚定地喊道：“等等，你们再让我回去一趟，我一定能想到办法的！”说着，他再次躺到了自己刚刚躺过的那张床上。

……

他醒了过来，一个面相清秀的女孩笑盈盈地看着他。他抬头，看向了那个相册，他终于看清了，里面是一对很恩爱的情侣挤在一起在一个十字路口的人行道上自拍，后面的车灯显得格外的亮。

“嗯？你醒啦。”

(深圳市科学高中高三年级 王艺博)

幻灵草

（一）收到外星人信号

“滴滴，滴滴……”3055 年 9 月 14 日，k 国科学院的大屏幕里忽然显示出了一串奇怪的代码。在场的人都疑惑不解地看着这串字符。

“快！叫 Z 来翻译！”还是柯文博士沉着冷静。他已经连续工作了三天三夜，眼睛里布满了血丝，看上去似乎苍老了许多。

此时，科学院里所有的最新科技设备都神奇地关闭了，只有大屏幕还在这昏暗的房间里闪闪发光，显得十分诡异。

“Z 很高兴为您服务。”

Z，是由柯文博士和他的团队共同研制的。它拥有人类的情感，其眼睛由电子翻译器与智能传感器合成，钢铁般的身躯使它能不受外界的任何伤害。它能翻译出上千种语言，被 k 国的科学家们称为“智能翻译家”。

Z 仔细地向屏幕扫视了一遍，并没有放过任何一个微小的数字代码；可惜，并没有翻译出来。这令在场的人都颇为惊讶。

正当人们疑惑之时，屏幕上出现了外星人的图像。外星人的眼睛出奇的大，像是两个铜铃嵌在坍塌的鼻梁上，发出蓝莹莹的光芒。令人奇怪的是，这种光芒并不使人觉得害怕，反而看着有些舒服。他的耳朵也跟人类相差无几，只是显得更修长些。外星人的嘴巴里没有牙齿，似乎只靠里面的“消化液”来分解食物。他的嘴唇旁边有一个奇怪的微小按钮。他的右边有一株植物正散发着奇特的绿色荧光，时隐时现。极美的椭圆形花瓣是纯白的，上面好像布满了一丝丝闪电，这荧光就是从它身上发出来的。植物的右边是一个握手的图案。

“会不会是外星人想要这株植物，打算和我们联盟，所以才会发出这种信号？”柯文博士旁边的小张开口了。

“不，我觉得外星人是要借联盟的名义来统治地球。”小文严肃地说。他手托着方下巴，眉头皱成了一个大疙瘩，眼睛紧紧地盯着大屏幕。

人们七嘴八舌地议论着，各种意见相持不下。柯文博士郑重地说：“不管他们打的什么主意，我们与其在这里争论不休，不如先把这件事情告诉市长，看能否尽快得到更多的帮助。这件事刻不容缓，如果威胁到地球，就不好办了！”

（二）“天才小队”

“对不起！市长有事，出去了。”市长的秘书对柯文博士一行冷冰冰地说，目光却一直盯着自己手中的文件。

“可我们接收到了外星人的信号，说不定它们有什么重要的事情请求我们帮助。”柯文博士严肃地说。

市长的秘书假装什么都没有听到，还是冷冰冰地说："对不起，市长不在！"

柯文博士一行人没想到这次报告是"竹篮打水——一场空"。技术人员小文灵机一动，说道："我们可不可以去'天才总部'请求帮助？"

"事到如今，没有其他的办法了，只能这样了。"柯文博士无奈地说。

……

"您好，这里是'天才总部'，请问您需要什么帮助？"一旁的智能机器人温和地说。

"带我去'天才总部'，密码 XXXXX。"

"密码正确，请上电梯。"

来到了总部，柯文眼前一亮，里面的新一代高科技产品数不胜数，令人眼花缭乱——其中就包括隐身衣、时光机等至少需要三个世纪才能研制出的产品。会议室里的椅子会根据人的身高自动调整高度，会议桌也似量身定做，人手一个，却只有一本书的大小。别看桌子小，作用可不小，它可以根据坐在椅子上的人的声音与心理来分析个人的想法并给计算机下达指令，迅速在大屏幕上汇总大家的想法，用大数据分析，形成最佳方案。

而这些，竟然是一群 12~16 岁的天才少年研制出来的。

柯文博士在会议中表示，自己的团队已经收到了外星人的信号，想要立即去寻找外星人的踪迹，可因没有人手，他们只能停止搜寻。

在大家默默无声的一番激烈的思想辩论后，大屏幕上显示的最终方案是：总部派一队由十名少年组成的队伍来搜寻那株植物，识破外星人的阴谋。

就此，我变成了队长，谁也不知道，我的伤疤究竟隐藏了怎样的故事……

（三）回忆

我 8 岁那年，笔架山的绿让每一位游客过目难忘。群山连绵起伏，浅绿、淡绿、青绿、苹果绿、橄榄绿、孔雀绿……深深浅浅，高高低低，远远近近，迷迷离离，亦真亦幻。即使画家至此，也一定会发愁如何调出这新奇的绿色吧！如此绿韵，吸引了大量的游客来游玩，我也不例外。

我兴高采烈地坐在一个石凳上，津津有味地看着书。书中描绘的画面一幅幅在我的脑海里闪过，使我很快融入进去。突然，一道白光从我眼前闪过。

我昏了过去……

“他没事吧？”

“不会有事的，快看，他的手在动！”

我缓慢地睁开了眼睛，发现自己正躺在医院里，手里紧紧握着一株植物，它散发着奇特的绿色荧光，纯白的椭圆形花瓣极其精致，叶脉就像一丝丝闪电，发出荧光。

“你醒了，小朋友。”一旁的医生和蔼可亲地对我说。在我的记忆里，这名医生的口罩遮住了他的半张脸，可我分明看到了他温暖的笑。

一位护士走进了我的病房中，询问着医生有关我的病情。

“问题不大，只是被石头砸中了头部，可……他的后脑勺会

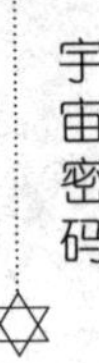

有永久性的疤痕。”医生对旁边的护士无奈地说。

……

出院后，我把那株闪闪发光的植物种在了笔架山双砚湖边离人们视线很远、很隐蔽的一棵大树边，这样似乎能为它增添许多安全感。

现在，我的后脑勺还有着一道蓝色的疤痕……

（四）踪迹

“沙——沙——”脚步声传进一个深夜独自散步的人耳朵里，那个人脸上流着汗珠，在皎洁的月光下，汗珠混着银色的光辉，闪出晶莹的光。

那个人紧张不安地环视四周，却再没有任何动静。这里一片寂静，并没有任何人来过。忽然，他的脚被粘在了地上，怎么也动不了。此时，一个身着宇航服的人出现在了眼前，透过玻璃，发现他的身体出奇的蓝。

“你好啊，地——球——人——。”那个“宇航员”用生硬的汉语说道。

那个人试图让自己的脚挣脱出来，好溜之大吉。这时，“宇航员”掏出了一把枪，迅速对准了那个人。

那个人眼前顿时一片黑暗。

……

电子屏幕上骤然间出现了一串指令，这是S级科学家们提出的专业术语，只有专业科学家才能读懂。

“快！翻译这个代码！”我激动地喊起来。紧接着，电子传达器开口了："快！有紧急命令，笔架山发现外星人的踪迹！现在你们的任务是：拿到幻灵草并寻找外星人的踪迹。"与此同时，我们收到了笔架山游人的外星人奇遇报警。

我们义无反顾地接受了这个任务，坐上了S型飞船，并定位笔架山。

白天，笔架山游人如织，于是，我们决定在晚上行动。我的心里，却有些不安起来。

夜晚，皎洁的月光下传来我和队友们"沙沙"的脚步声。

"天才小队"离幻灵草越来越近……

我紧张地往双砚湖那边望了望，我的那一株植物还在那棵大树下，颜色还是那样透亮，在月光下熠熠生辉。

我紧走几步，轻轻地挖出幻灵草，在预先备好的花盆中小心翼翼地种好，再仔细放进队员张浩的随身包里，交代他谨慎保管。

这时，一阵窸窸窣窣的声音越来越近。"天才小队"各个成员的喉咙都要提到嗓子眼里去了，谁也不知道，那声音是从哪出现的，又是谁发出的。

"天才小队"的每个成员都本能地披上了隐身衣。

一个外星人走了出来，他差不多有半棵树高。

"别躲了，我知道你们在这里！"外星人说道，他的翻译器比我们的翻译器还要先进，"自我介绍一下，我是B星人，代号003。"他就是笔架山游人遭遇的外星人。

（五）黑客

柯文博士和他的同事正投入翻译工作之中。

“嘀嗒，嘀嗒……”随着这异常的嘀嗒声传来，全部的电脑瞬间蓝屏，柯文博士他们也从紧张的工作中“醒”了过来。此时，一个个红色代码在电脑的蓝屏上面处处可见，令众人束手无策。代码不停地变幻着，起初是一行 50 个代码，现在变成了 40 个。就这样，代码越变越少。最终，只留下了一个数字代码。

Z 正准备翻译时，骤然间，它的眼睛由原先的蓝色变成了红色，看上去愤怒极了，这是 Z 受到控制时发出的信号，而柯文博士他们都不能清除这些病毒。在场的人都瑟瑟发抖。忽然，Z 开口说：“从现在开始，你们都必须听从我的指令！”它的语气很重。柯文博士判断 Z 已经失控。是它自己失控了吧，那为什么还具备着人类的语气和头脑呢？应该是有人控制了 Z！

鉴于 Z 本身带着防身武器，所以研究院里的人都不敢轻举妄动，只能听从指挥。这时，Z 突然开口说话了：“快点儿，跟我走！”

所有的人心里愤愤不平，却又无可奈何，只能跟着它走。

到了指定地点，柯文博士才发现，一切都是阴谋……

“进去，司令找你有事。”Z 冷冷地说。柯文博士伤心极了：之前家人般的温暖，这一刻全都凝成了彻骨之冰。柯文博士不由打了个寒战，下意识紧了紧衣服，眼角闪过不易察觉的泪花。

生活就是这样，在你高兴的时候给你泼冷水，在你伤心的时候又给了你几分快乐。说好又添了几分坏，说坏又添了几分好。

柯文博士迈着沉重的步伐，缓缓地走向了“司令办公室”。

（六）时空隧道

“柯文博士，好久不见啊！”那个黑客说道，“近年来，我一直在研究一项伟大的发明——时光机；可我万万没有想到，我出了这么庞大的资金来投资海阳企业公司，结果你们还是领先一步。现在，你们的发明还没有得到国家专利，要不，我们做个交易怎么样？”黑客冷冷地笑道。他的半张脸都被黑色的篷布盖住了，身上披着黑披风，看上去活像《水浒传》里的“黑旋风”李逵。而他的左右，都是靠代码控制别人电脑的机器，这可是黑客专属的“代码机”。

柯文博士脸上流着汗珠，呆呆地立着，活像一尊雕像。他谨慎地考虑着，久久才说出口：“这是我们多年来努力的成果，你们却一直想走捷径。我是绝不会跟你们交易的！你以为，你穿越时空就一定能弥补当年的过错吗？”他严肃地说着，丝毫没有因为威胁而胆怯。他总觉得这个人很熟悉，却怎么也想不起他是谁。

那个黑客并没有生气，反而嘴角微微向上翘了一下，说：“哼，我弥补错误，可笑至极。是你制造了那次事故，你怎么不再反省自己呢？”说完，便对手下的人拍了拍手。他的手下立刻从保险柜里拿出一张地毯来，动作干净利落，没有丝毫的犹豫。这个人抱着地毯，小心翼翼地走到柯文博士面前，然后，把地毯铺在地上，打开了开关。

柯文博士走近一看，地毯的边缘呈黄色，可以跟金子媲美，内部则是五颜六色的。毯子的中间有个空隙，足以容得下两个人。从上往下看，下面的钟表神奇地浮在了“时空隧道”里。看着眼前熟悉的面孔，柯文博士回想起了往事：

那是五年前的事情了。当时，柯文博士和某人是非常要好的朋友。在柯文博士刚刚加入科技研究会不久，一件意想不到的事情发生了：有一种神奇的能量呼啸而来，柯文博士只感觉到胸口奇迹般地疼痛了起来，承受不住，便昏了过去……

等到他醒来，发现他的老朋友早已不见了踪迹。为此，他找了好几年，可还是没有打听到他的下落，只好放弃了寻找，想拼命地用工作来安慰自己……

“你是波尔？”柯文博士脱口而出，他顿时惊愕起来，眼睛里露出了惊讶和失望。

“是的，是我。可你知道吗，真正拆散我们友谊的是什么？是生活！每个人都要靠自己去奋斗，你却毁了我一生的心血。”波尔大声吼叫着，眼珠子瞪得大大的，之前的友谊早已抛之脑后，取而代之的是只会面对现实的、不苟言笑的人，“在这一点上，我们又开始渐行渐远了。”他的情绪很快平息了下来，眼睛里充满了泪花，冰冷的话语从他惨白的唇间一字一字蹦了出来：“把他传送到 19……10 年……”

柯文博士被几个壮汉推着，到了“时光洞口”，然后被推了下去……

在炫目的时空隧道里，只见钟表飞快地向逆时针方向转动，时光在倒流……

（七）阴谋诡计

“市长有事想见您。”市长的秘书从市政厅里出来，温和地对我说。她戴着一副大大的眼镜，看起来很有学问。

我跟着秘书来到了市长办公室。

市长叫我坐在他旁边，说：“你知道吗，我们已经翻译出外星人的语言了！可坏消息是：有几个外星叛徒已抵达我们的地球，而且就在这附近，所以，我需要你帮我去巡视街道。”说着，便递给了我一把激光手枪，叮嘱道：“切记，不要误伤其他人，不到万不得已，千万不要开枪。”

“保证完成任务！”我说道，便起身离开了市长办公室，去巡逻。

我走在这无人的街道上，感觉空荡荡的，根本没有什么外星人可言。

这时，我听见拐角处有一个声音：“快过来！”

我抬眼望去，是一个小男孩，他的眼睛竟然是蓝色的，头发是棕色的，是一个外国男孩，大概10来岁吧。

他跑到我跟前，用一口硬邦邦的汉语，结结巴巴地对我说：“你——好，我是——普米。是‘猎鹰小队’的一——一员。因为做——做错了——事，因此被强行——退出了。能让我——跟着你吗？”

我心想，多一个帮手，也就少一份力气，就带上了他。

在巡视的路上，我跟他谈了几句。在这皎洁的月光下，只有我们两个在这个宁静的街道上巡逻。这时，一个声音却打破了寂静：“老大，你说，我们的‘侵略计划’能成功吗？”

“放心，万无一失。对了，杰尔那里怎么样了？”

“老大，他已经准备好了，我们随时听您的命令。”

“不错，科智，你表现得很好。等我占领了地球，便封你为‘地球管理者’！”

“谢谢老大夸奖！”

我听到这一番话后，想叫普米躲起来，不要被他们发现；可为时已晚，他一不小心踩到了我旁边的树枝，发出了“咔嚓”一声。

外星人听到这一声音后，似乎被吓了一大跳，好几秒后才憋出来一句：“谁……谁在那儿？”

我觉得大事不好，便带着普米撤到安全地带去，就凭我们这速度，他们一定追不上。我的判断是有一定依据的：我观察到，他们的腿非常短，因此跑不快。

可当我和普米刚跑到另一个拐角处时，他们就追了上来。

我纳闷了：他们的腿非常短，我们花十分钟跑到的地方，他们怎么一分钟就跑到了呢？

“地球人，你们好啊！”一个外星人说道，“多亏了碧珊的加速机器，不然就让你们逃了！既然你们已经知道了这个计划，那我也不客气了！杰尔，机器！”

一个巨大的机器从一个黑暗的角落里开出来。这个机器有一个“发射器”，不知是要发射什么，总之，它大概有 3 米多高，长 2 米左右。

“现在，杰尔，听我命令，发射机器！”

这时，我们的前后左右都被包围住了，只能听天由命。

杰尔按下了一个红色的按钮，一个黑色的小东西被发射了出来，之后越来越大，越来越大……

（八）黑洞危机

最后，黑黑的球体竟有一栋楼房那么高了；然而，它还是一直生长着；最后，竟有半个城市那么大！然后，停止生长，开始“吸收”物体了！

这时，我才明白，这是一个黑洞！

突然，一栋楼房拔地而起，被黑洞给吸了进去，又有几个人被吸了进去……

“呵呵，你们的末日到了！到时候，地球将会是我的天下！”

“你休想！”我想去关掉这台机器，却被两个外星人摁倒在地。

“快！快去关按钮！”我对普米说道。如果他去关掉那台机器的话，城市不会再有这么慌乱的场面。

这时，普米流了眼泪，站在原地，连续对我说了好几声“对不起”。

普米愧疚地对我说：“对不起！其实——我的真实身份是——间谍，我没有——被猎鹰小队开除，我们——现在跟这些外星人——合作，目的——跟他们一样——统治地球！”

我失望地对他说：“没想到，普米，你竟然是——”

“他现在是我的一员了，哈哈哈！”外星人老大没等我说完，得意洋洋地喊着，“现在，黑洞快要吞噬整个地球了，我就要报仇雪恨了！”

我不忍心看见这一幕，闭上了眼睛。

这时，我听见了奔跑的声音，“沙沙”的脚步声越来越近，接着，便是一阵打斗声。

我抬头时，发现竟然是普米，他已经被揍得鼻青脸肿了，脸上流着血，看起来伤势很严重，可他还是坚持搏斗着。

“队长！”听见这一喊声，我立刻明白了——我的队员来了。

“快救队长！”张浩一声令下，拿起了“闪光枪”，向外星人射去。那些限制我活动的外星人都被闪得睁不开眼。我便乘机跑到普米身边，他已经昏过去了，如果再不治疗，会有生命危险。

我抱起他，向张浩他们跑去。

“不自量力！”外星人老大冷笑一声，在“黑洞召唤器”的几个按钮上调了几下，黑洞吸收物体的速度更快了。我们必须阻止他们，否则，整个城市将会化为平地。

我立刻给队员们下达命令：朵文负责治疗普米，汤华负责掩护朵文，其他人跟我去关机器！

一声令下，我们便很快去做各自的任务。

这时，黑洞就要吸到我们这边了。

来不及了！我试图吸引外星人老大的注意力，可他的双眼片刻不离地总盯着机器看。

这时，我忽然想起来——市长给我的激光手枪！

我立马从裤袋里掏出手枪来——对准外星人射击。

可激光对外星人没用。

这时，我的激光手枪竟然奇迹般地飞了起来，与张浩身上戴着的植物——幻灵草结合了起来。

“幻灵草！”外星人老大喊起来，“你们快去拿幻灵草，快呀！它可以强化‘黑洞’啊！”

可为时已晚，幻灵草与手枪结合了（简单来说，就是二者跟磁铁一样，相互吸引）。幻灵草身上应该含有跟电一样的成分，所以，激光手枪的威力迅速地提高了起来。

我把激光手枪对准了外星人，扣动了扳机。

他们立刻昏了过去。张浩立刻关闭了那台机器的按钮。这时，黑洞竟把刚吸进去的东西又“吐”了出来。

全市又恢复了往日的宁静……

这时，黑洞又“吐”出来一个人，竟然是柯文博士。

我们凑了过去，柯文博士兴奋地对我们说："我知道了，时光机的出口跟黑洞相连接，原先我被迫进入了时光机，可没想到，又穿越回来了！"

这时，一位白发老者向我们走来…

（九）真相

我打量了他一下，他穿着朴素，没有什么特别的地方。

"孩子，恭喜你们拯救了地球！"老人欣喜地说着，"其实，你背包里的幻灵草是承载着你们祖先的最高科技啊！"

我惊讶地问："您是怎么看出来的？"

老人笑了一下，对我说："我其实是外星人，可以透过物体看到里面的东西。"

说完，他便给了我一张地图，严肃地说："'猎鹰小队'的总司令利用外星娃娃的好奇，想和他们联合破坏地球，谁知被'猎鹰小队'的队长发现了，想阻止他们。结果，'猎鹰小队'队长劝说他不成功，反而被他神不知鬼不觉关进了一个漆黑的房子里，现在快去救他吧！"

朵文不解，问道："为什么您能知道我们地球上的消息呢？"

"因为我是外星船的船长啊！我一直在关注着地球上的一切情况！现在，我要带我的淘气的捣蛋外星娃回自己的星球了。"老人说完，只见一道白光，他和所有的外星人都消失在了遥远的天际。

我们告别了老人，根据地图迅速赶到了"猎鹰小队"的总部关押处，"猎鹰小队"队长果然被关在里面。

张浩用一把万能钥匙开了锁,只听“咣当”一声——“猎鹰小队”的队长得救了!

“哈哈哈,哈哈哈……我早料到你们会来,所以,提前在这里埋伏了起来。”一个人走出来,大笑道。

我发现,他竟然是柯文博士以前的挚友——波尔。波尔的身后,跟着一个人,他身着军衣,严峻的神情,仿佛黑夜来临。

“是你,谋总司令!”“猎鹰小队”队长愤怒极了。

“没错,是我。我和波尔想称霸地球,你们却阻止了我们的计划,不可饶恕!”谋总司令说道,“既然大家都来了,那么,还是一起下地狱吧!”说着,便举起了枪,对准了我,准备扣动扳机。

我和张浩不动声色地举起幻灵草,蓝色的闪电交织出美妙的数字——只有我们俩能看见的密码数字。我们齐心协力用意念给密码进行排列组合。谋总司令和波尔先是诧异于幻灵草的奇异,接着,竟然流出了忏悔的泪水,抱头大哭。

“我们不该只想着去称霸地球,我想我的孩子,我想我的爸爸妈妈。呜呜……”

谋总司令的手机响了,他一把鼻涕、一把眼泪,把手机递给我:“坏手机,我不要。”

我接过手机,打开电话。

“谋总司令,你这边完成得怎么样?”市长的声音从电话里传来。

我惊讶了,市长怎么可能是幕后黑手?

于是,我拿着变声器,学着谋总司令的声音,说:“老大,我这边完成了,就等您的消息了!”

“非常好，你现在来笔冠峰一趟，我有话对你说。”

我和队员们迅速赶到笔冠峰的指定位置，找个地方躲了起来。

市长果然来了，等了30分钟后，便自言自语道：“谋这小子怎么那么晚还没来？”

我和队员们悄悄绕到了市长的后面，准备“袭击”。

这时，市长的秘书来了，说：“市长，您还是早些休息吧，别再等谋了！”

“不行，我还有重要的事情要跟他说，你先回去吧。”市长说。

“是！”秘书便回去了。

现在已是夜深人静，是揭露市长面目的好时机。

我拿着录音笔，准备走到市长面前。

之后，不知是谁发出了声音，竟然传到了市长的耳朵里。市长转过头来：“谁，谁在那儿？”

“是我，老大。”我走了出来。

“难道，我的计划，被你给发现了？”市长满脸疑惑。

“没错！”我响亮地回答，“队员们，出来吧！”

我的队员们把他团团围住。他，在劫难逃。

“你以为，只有我一个人吗？”市长阴森森地喊着，“卫兵！”

这时，20个卫兵齐刷刷冲了出来：“放了市长，否则，我们可对你们不客气了！”

我轻轻举起幻灵草，“猎鹰小队”与柯文博士乘着时光隧道立刻出现了，看到回到现在的柯文博士，市长大惊失色。

“波尔呢？谋呢？你，你们是怎么做到的？”市长瘫在了地上。

尾声

“其实，我想和外星人他们一起，称霸地球。因为我怕下一任市长就不是我了，和波尔、谋一起找来外星人密谋，想永远当这个城市的市长！”法庭上，戴着手铐的市长哭丧着脸。

明亮的阳光透过叶缝，照着笔架山绿油油的草地。我拿起录音笔，走到了一个垃圾桶前，把它丢了进去……

(深圳市福田区华新小学六年级　赵先耀)

不速之客

（一）

当我睁开眼时，发现自己已经处在了一个极度不透明甚至有些许潮湿的未知胶囊状容器里。隔着器壁是可以听见外面有动静的。我不知道那是什么；但我明白，此时弄出声响并不是一个明智的选择。空间很狭窄，我无法直起身子。我携带的装备早已毁坏，只剩下耳朵里的助听器。

外面的声音渐渐小了。紧接着，“哐”的一声，我似乎被送到了一个冷藏柜般的地方，因为脚板底处传来阵阵凉意。这是什么地方？

我只记得，我的飞船在行星编号为E20的星球边巡逻时，不知为何，船舱突然窜起了火团，与星际管理局失去联系后，除了一片火海，我什么都看不见。现在，我又为何出现在这里？难道我死了吗？可这一切又显得那么真实。这伙生物似乎对他们的新发现很好奇，因为我甚至能听见他们贴在壁上的呼吸声。

正当我胡思乱想之时，一束阳光射进来，一阵刺痛感涌上双眼。

“嗷！”我想我只是轻号了一声，我揉揉双眼，却发现眼前站着与我一样两足着地、脸上表情夸张的星球原住民。他们隔着一层透明玻璃，对我指指点点。令我烦躁的是，这层玻璃的隔音效果出奇的好，我就像一只宠物一样，被关在笼子里供他们欣赏。看来，我已沦为统领这个星球发达文明的俘虏。

（二）

丽华一天到晚的闲适生活，恐怕不是每位科学工作者都能享受到的。在他人看来，她似乎只用每天去学校，以一位教授管理者的身份待到放学，时不时召开全校动员大会而已；但是，她真正的工作，丽华心里十分清楚，要到晚上坐到电脑桌前，才正式开始。

她是第一个知道 NASA 捕获外星个体这一消息的 A 国教授。接到通知，她很快购买了直飞 L 市的机票。家里人很快安排好她的行程。除她以外，人们都以为她是想去度假散心，毕竟，平时处理大学生的违纪问题确实很令人头疼。

尽管早已有心理准备，但当封运的货厢到达时，她的心不由得咯噔了一下。“低温是为了保护它。”一位身穿防护衣的工作人员走过来伸出手，“穿件外套，别着凉了。这地方真是冷到令人窒息。”听到这话，丽华才意识到温度的差异，连忙接过工作人员手里的棉袄。这是一个“反温室”，可以在太阳光照射下阻挡输入的热量，从而达到冷藏保鲜的作用。

在盖子打开的瞬间，她清楚地听到“嗷”的一声，这令她感到兴奋。一阵热浪冲上脑袋，她早已摩拳擦掌。当那个小东西探出头的刹那，她的心就快要跳出来了。

“从未见过如此神奇的、和我们神似又瘦小许多的个体！”丽华拍着身旁那位工作人员的肩膀，兴奋地说。

乍一看，这确实是一只瘦小的生物，给人一种不堪一击的感觉。“太好了！”她对身边一脸惊讶的专家们说，“留下它，我要研究研究。”

（三）

说实话，我并不是很满意现在的无趣生活。原住民很客气，给了我好多食物，也不知道，我喜欢吃全熟的牛排。欣喜的是，原住民很和善，吃的东西也与我的母星差不多，就是果子小了许多，一盘根本不够吃。我的生活已经很充足，但并不充实。

值得注意的是，那两个坐在我所处的“牢房”旁边的胖守卫，手里拿着在我的母星早已淘汰的电子设备，似乎在玩什么刺激的游戏。能活下来，我已经知足，也无法要求更多。他们听不懂我说话，我也无法了解他们。还有一个严重的问题是，我已长达20小时未接触电子设备，这让我十分不适应。于是，他们的MOBA游戏也成了我解闷的唯一选择——尽管我只能观望他们被完虐时绝望的表情。

正当我思索间，耳边忽然闪过一个声音：“等我们救援，马上到。”我以为是幻听，但很快就发现这声音如此真切。没有办法，我只得先和原住民相处一阵。再不得到电子产品，我几乎就要疯掉。

（四）

丽华作为一位充满探究欲望的科研人员，自然不愿轻易放弃到手的宝贝；但令她失望的是，她无法从它身上采集到任何资料，因为这奇特的生物连血管都找不到。这个生物成了她人生中的第一个特例。她开玩笑似的与身边的科学家分享道：“不如将它解剖，最省事。”

“万万不可啊！”一位科学家劝道。

“也是，这可不是地球上的生物，是来自外太空的另一种文明，建立信息联系才是最明智的。”丽华显然打算让步，继续说道，“好，给你一天时间，和它沟通。”

这位科学家叫里间（音译）。为了达成沟通的目的，他可谓是绞尽脑汁。他试图接近这只生物，用各种语言尝试交流，但并不奏效。一向自信的他认为问题绝对不会出在自己身上，于是他开始窥视这个外星生物的生活。幸运的是，他注意到，这个瘦小的生物对守卫手里的手机盯住良久不见松懈。太好了，难道它喜欢手机？里间似乎找到了突破口，把这个大胆的猜想分享给了丽华。丽华招呼守卫煎了份全熟的牛排，打发他走了，但是他并未因此而感到扫兴。

他很快就想到了一个计划。

（五）

当那个人递给我一台电子设备的时候，其实我是拒绝的。毕竟，那是我先祖玩过的东西。可这也说明，他们对我很好奇，并不像我担忧的那样，把我当作一个俘虏。那我只能愉快地接受了。可这群生物并不知道，当我有了电子设备会发生什么。

毫秒间，我就接通了星球外的宇宙网络。当我接通家里信号的瞬间，我惊诧地发现，他们似乎早已忘记了我。

“你是谁？”一句话击碎了我所有的期望；但仔细观察后，我发现，母星早已经历了数百年的变迁，墙上挂的遗像不知何时变成了我的母亲。难道我跨越了时间的长河，来到了另一个时空？这个想法让我吃惊，但我也束手无策。我找到宇宙翻译系统，将它同化到我手中的电子设备上。那么，至少现在可以让交流不存在问题了，这值得高兴。

我想，在我通过说出“你好”的那一刻，那两个胖守卫会大吃一惊的，他们确实也是这样。

“这是哪里？”

“这是地球，你从哪里来？”他们这个时候像看到了阎王一样，不自觉跪在地上。可惜，我并不能轻易曝光我的身份。

“我从哪里来不重要，主要是你们想怎么样？”我的话显得我好像是个英雄似的。看着他们吓得够呛的样子，我也不想说太多废话。我已经十分疲倦了。

（六）

“真是个高等生物！”丽华对守卫报给她的信息十分满意，“我去会会它。”然而，她并没有得到什么新的消息，因为它在睡觉。眼尖的丽华瞥见了它身边屏幕还亮着的手机。“谁的手机？”里间只得站出来为他的贡献说明：“如果不是我给它手机，我们现在怎么可能与它交流？”

“那你去把手机拿出来。”丽华显然并不买账。可这个时候，里间怎么会愿意冒这个险呢？

一阵思想斗争后，里间自觉地上前一步。房间里，突然齐刷刷地响起了热烈的送别掌声，这让里间十分不自在。他蹑手蹑脚地绕到外星人身边，伸出手。手机屏幕忽然熄灭。“你！”手机里响起一个声音，里间吓得踉跄几步，又退回到丽华身边。看来这并不容易。竟然连睡觉都能保持意识清醒。这下里间感到头大了。可是这个时候千万不能放弃，不然就闹笑话了——他终于还是绕回到外星人身边。

里间伸出手，说时迟那时快，把手机揣进兜里。转头间，他清晰地听见自己心脏剧烈跳动的声音。

丽华凑了过来，一把夺走手机。“干得漂亮……不过，这手机怎么这么奇怪，完全不像我们用的啊！”无论她怎么操作，都无法打开手机，就仿佛是一块砖。

就在他们聚在手机边议论时，身后的那双眼睛早已睁开。

（七）

前面我说过，这个星球上的原住民是人类。得知这个信息，也是在我获得了手机之后。这些人类现在竟妄想把手机从我手中夺走。在我亲眼看见他们开始对我的手机打主意时，我是有些愤怒的。毕竟，这手机也是他们先给我的，我本身就处于被动的地位。不过，他们看起来想与我交流，这正合我意。

我上的精神锁可不是他们轻易能打开的，所以我应该有所作为了。我通过手机轻语了一句："你好。"我注意到，他们中的一位女士，并未像其他人一样，神情开始慌乱，这勾起了我的好奇。

"那位女士，"我想我需要发出主动邀请，"可以跟你说两句吗？"她很爽快地答应了，这反而让我有点吃惊。

不过，聊天很顺利，不像和那两个守卫聊天时那么无趣。"我想，我是第一次见到你们，但确实，你们的文明与我们相比实在落后。"我的头不自觉地扬起了几度。毕竟，我说的是实话。脑海里再次闪过穿越的镜头，我被自己突发的奇想逗乐了。

我想，我现在只不过是个落难者，正在等待着母星的救援。

可，万一是呢？

（八）

里间等其他人目瞪口呆地注视着丽华和那个外星人。看得出这个外星人有些出言不逊。一向喜欢胡思乱想的里间脑海中也萌发出"这是未来的人类"的想法，但很快又被他自我否定了。

哈，怎么可能活生生地跨越时间呢？太夸张了。

"还是先把手机还给它吧，别又惹上什么事。"丽华还是明事理的人，走上前，再次打开玻璃柜的门。她并不担心它会逃走，因为门可不止这一扇。接过手机的外星人眼中顿时闪过一丝亮光。

这是丽华第一次仔细观察这位外星人。粗略看，它有两条胳膊、两条腿、五只爪子，皮毛发黄，没有头发，虽然头相比身体十分不合比例，但它竟与人类神似！它看起来不堪一击，一无是处，但是用起手机如鱼得水，十分灵活，向后退一步的丽华隔着层玻璃也能感受到强烈的气场。丽华吓出一身冷汗——文明发达星球的居民竟是如此诡异。

它对她笑了笑，一股寒气袭上丽华心头。

（九）

幸运的是，我成功与星际管理者取得联系，并约到网约飞船，一切都很顺利。距离我离开这个星球还有一天，说起来还有点难过。人类的生活与我先祖的生活如此相似，或许总有一天会发展到我所在文明的程度。而他们不知道的是，我的母星尖端的文明，是以整个星球的寿命为代价换来的。很幸运，我能在有生之年见到绿色植株，毕竟这种东西在母星早已绝种。

我的身体并不脆弱，因为我早已被植入了精神芯片和自我再生系统。从某种意义上看，我跟一个机器也没有什么区别，仅仅是多了许多情感而已。随着年岁的增长，属于情感的领域会被慢慢地吞噬，我也将成为一个麻木的个体，重复着机械化的生活。想到这，不免要感慨，也许人类的未来也是这样。既然我偶然来到这里，那我也有必要提醒他们。

最为直接的办法，是带上一个人一起离开。

（十）

今天的里间睡不着觉，因为他要上天了。

消息是守卫悄悄告诉他的，因为他们也知道这种事传出去会引发什么。这个外星人不过才来了两天！但很快，兴奋压过了担心。

“我要怎样才能礼貌地表现呢，毕竟这是人类第一次与外星生物交流啊！”身为科学家的他很轻松就准备好氧气瓶、食物，尽管他并未接受过重力加速度的训练，但是他对自己充满信心。他一边念叨着欢迎语，一边开始幻想同伴的相貌。“大眼睛应该错不了。”深思熟虑后，他得出这条结论。

换上宇航服，里间最后一次打量着他的衣橱、他的卧室，仿佛一个将要英勇就义的战士。他一生未婚，因为实在太忙，这是他一生中最大的遗憾。他晃晃脑袋，理清思绪，终于迈出了家门，一步，十步，二十步。

“一切都会好的。”他说。

（十一）

一天很快就过去了，可我还在坐着，与那个人类一起等待飞船的出现。难道飞船也有晚点的时候？正想着，屋子突然开始剧烈地震动起来，一股气流冲了上来。

飞船来了。

守卫很配合我，将我们一路送到楼顶。我想，我们这就要离开，再也不会被发现了。我有点开心，希望接下来一切顺利。

我很高兴，这个人很信任我。那我也不会让他失望的。

飞船转眼间消失在空中。

第一次亲眼从这个角度见到这个蔚蓝色的、充满生命力的星球，他显得有点兴奋。

我转动方向盘，飞船向宇宙深处飞去。

可为何我的头开始疼痛……

（十二）

这段旅途已经接近尾声，里间也已迫不及待地拿出纸笔，想记录下这不可思议的经历；但很快，他就发现一个令他抓狂的事实——他带的是圆珠笔。

这个小插曲并未打消他的兴奋劲，他把视线移向窗外。一颗颗或明亮或黯淡的星球，以肉眼可见的速度向后移动着，随后是大块大块的陨石。可为什么……

“不好！陨石为什么向我们聚过来了！”他惊叫着回头，却看到一副僵在座位上的躯壳，双眼已失去光泽。恐惧如洪水一般吞噬了兴奋，现在他已无路可走，眼睁睁看着一块又一块巨大的陨石向他们冲来，越来越近……

（十三）

“呼啊！”里间猛地睁开双眼，大口喘着粗气。原来是场梦。他依然在宇宙空间站执行任务。他已经孤身一人在太空停留了数星期，会这样胡思乱想，也并不奇怪。

又是新的一天，阳光照在他的脸上。

“真好，我还活着。”他嘀咕一句，打开通信系统的开关。

“一切正常，总部。”他汇报道。

“是啊，一切正常。”他身后不知为何响起了一个沙哑的声音。

这不是来自总部的声音。

里间脸上的表情凝固了。

他突然知道发生了什么。

一团火光开始在他周身蔓延，越来越耀眼。显示屏上的他，露出诡异的神情，发出咯咯的笑声。火焰愈发剧烈，屏幕上的影像，只剩下黑白的剪影。

“喂？发生了什么？收到请回答！……”悬挂着的电话里传出间断的声音。

在他眼里，除了一片火海，什么，也看不见。

（深圳市红岭中学高中部高二年级　段晟俊）

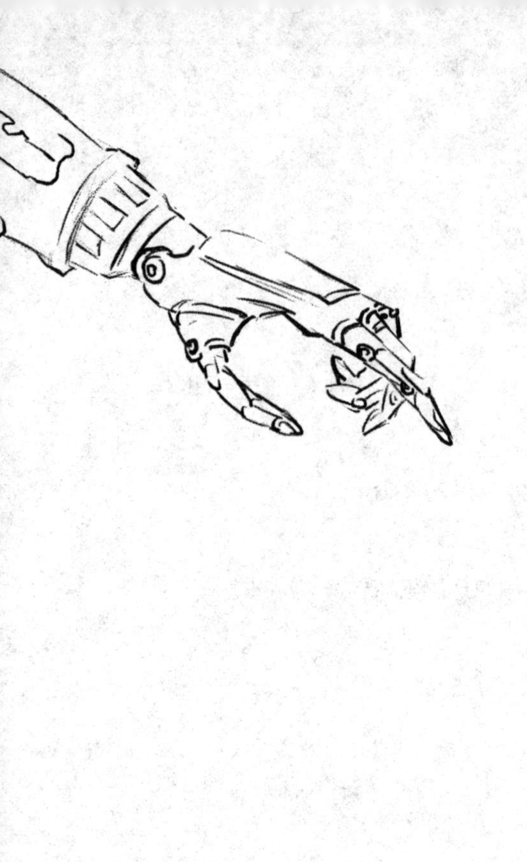

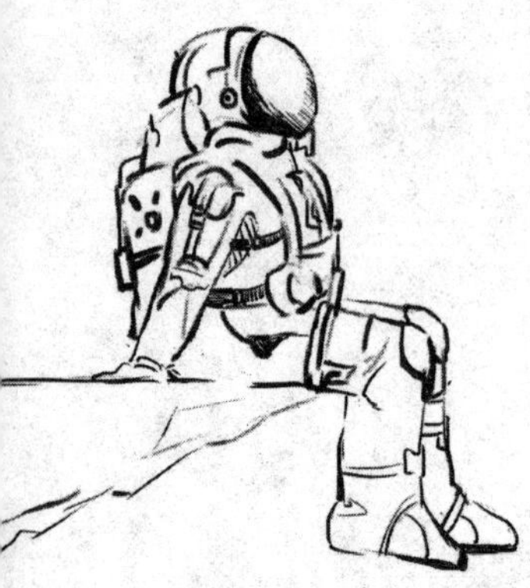